一个人的蓝调

绒默 著

天津出版传媒集团
天津人民出版社

图书在版编目（CIP）数据

一个人的蓝调 / 绒默著．—天津：天津人民出版社，2019.9

ISBN 978-7-201-15253-0

Ⅰ．①一…　Ⅱ．①绒…　Ⅲ．①散文集 - 中国 - 当代②诗集 - 中国 - 当代　Ⅳ．① I217.2

中国版本图书馆 CIP 数据核字（2019）第 204296 号

一个人的蓝调

YIGEREN DE LANDIAO

绒默　著

出　　版　天津人民出版社
出 版 人　刘　庆
地　　址　天津市和平区西康路 35 号康岳大厦
邮政编码　300051
邮购电话　（022）23332469
网　　址　http://www.tjrmcbs.com
电子信箱　reader@tjrmcbs.com

责任编辑　谢仁林
装帧设计　知库文化

制版印刷　天津雅泽印刷有限公司
经　　销　新华书店
开　　本　710 毫米 ×1000 毫米　1/16
印　　张　20.75
字　　数　286 千字
版次印次　2019 年 9 月第 1 版　2019 年 9 月第 1 次印刷
定　　价　66.00 元

/ 序 /

道，悟尽平常。

每个人的一生，都是一条特立独行的路。

有的人看到了路上的风雨辛酸：他们背负沉重的枷锁，挣扎前行。有一天他们倒下去了，于是说这是一条凄风苦雨的路，一生摸爬滚打，身陷泥淖难涤。

有的人看到了路上的星光闪烁：他们手持希望的火炬，披荆斩棘。有一天他们挺过来了，于是说这是一条勇攀高峰的路，一生拼搏努力，终见灿烂千阳。

有的人看到了路上的花红柳绿：他们含着金色的汤匙，顺风顺水。有一天他们回头看了，于是说这是一条稀松平常的路，一生看似豪华，最终碌碌无为。

有的人，还有的人……

你愿做一个什么样的人？

也许不能像先贤大哲那样洒脱，做不来“漆园傲吏”。但是也有一点儿小骄傲，喜欢用自己的情怀参悟这一路上的风景。大概某天上班的偶然相遇，或者某次出游的短暂邂逅，可能那日的一个插曲，似曾那年的一段过往。用时间的积累，沉淀自己的一生：虽然就像很多人一样平淡无奇，不过，也有惊喜。

一路走来，遇到了一些人，一些善良的人们。亲人、友人、爱人，正

是有了他们，用爱和温暖呵护着、陪伴着，才能够走过漫长的人生之路，成就现在的自己。也将这一份温暖细细记录在书中，并借由书籍，把这一份温暖传递下去。

蓦然回首时，人生路已行过半。怀揣一颗感恩的心，想着为身边的人留下一些什么。留下一段过往、一些回忆，在字里行间徜徉，在众多的书籍中闪光。故成就此书。

记录心与爱的交织。

孟莹

/ 目录 /

CONTENTS

第一篇　诗记

第二篇　赤情

第三篇　杂感

第四篇　乐游

第五篇　忧思

第六篇　静悟

第一篇 / 诗记

每个人心中都流淌着一首绮丽的诗，
每一首诗中都沉睡着一个幽古的梦，
而每一个梦中都有着一种别样滋味。
或甘甜，或愁苦，人生漫长而短暂，
在默默彳亍中体味。

淡淡的感觉

喜欢
树枝上那淡淡的绿
淡淡的绿唤醒了春天
歌唱的小鸟站枝头

喜欢
天空中那淡淡的云
淡淡的云飘来了夏天
跳舞的细雨漫天中

喜欢
庭院里饮淡淡的茶
淡淡的茶氤氲了秋天
飞落的木叶满院庭

喜欢
心头间那淡淡的愁
淡淡的愁染白了冬天
飘雪的思绪在漫游

冥想六步曲

1

安然地仰躺在床铺上
默默地望着天花板
伴着墙上钟表的嘀嗒声
一个人
就这样
静静地
静静地冥想
房间犹如一个火柴盒
隔绝了外面的一切嘈杂
躺在里面真好
能让我冥想

一根火柴
哧地一闪亮
慢慢熄灭
袅袅拂拂一缕青烟
缭绕出的世界
原来如此多趣

2

怡然地倚靠在阳台旁
淡淡地望着楼外楼

聆听着窗外淅沥的雨声

一个人

就这样

静静地

静静地冥想

雨雾笼罩着灯火阑珊

夜色模糊了世间的一切

朦朦胧胧真好

能让我冥想

一滴雨水

轻扣碧纱窗

缓缓消落

霏霏澹澹水兮生烟

缭绕出的世界

原来如此多趣

3

翩然地侧翻在水面上

蓝蓝的海水碧连天

枕着耳畔滔滔的海水声

一个人

就这样

静静地

静静地冥想

惬意舒适地伸展四肢

随波荡漾在海的怀抱中
有水托着真好
能让我冥想

一片落叶
盈盈地起浮
遥遥而逝
渺渺茫茫浩渺烟海
缭绕出的世界
原来如此多趣

4

悍然地坐在驾驶室里
暖暖的阳光洒进来
车内的音乐舒缓而悠扬
一个人
就这样
静静地
静静地冥想
操纵自如地掌握方向
车窗外的景色闪烁而过
独自驾驶真好
能让我冥想

一缕阳光
盈盈的笑脸

微风袭来
纷纷醺醺花朵香气
缭绕出的世界
原来如此多趣

5

惘然地端坐在电脑前
木木地托腮看屏幕
听着自己心脏的咚咚声
一个人
就这样
静静地
静静地冥想
基金交易已停一年余
套牢的枷锁未松懈一丝
麻木的感觉真好
能让我冥想

一位女子
郁郁地叹息
人生苦短
朝朝夕夕梦幻而逝
缭绕出的世界
原来如此多趣

6

浑然地走在大草原上
白白的羊群苍茫天
青草花香弥漫在鼻息间
一个人
就这样
静静地
静静地冥想
远处的那风车转呀转
白桦林和青山围绕身边
清新空气真好
能让我冥想

一朵白云
淡淡地飘零
缓卷畅舒
冥冥缥缥的蓝天里
缭绕出的世界
原来如此多趣

牵着蜗牛去散步

用阳光中的一丝金线
牵着蜗牛去散步
阳光暖暖地
暖暖地照耀着

从东慢慢移向西
我与蜗牛不言说
在太阳的栅栏里恬静地散步
从白天走入黑夜
站在黑色的幕布下观看绮丽的影像
只听见自己在时间和生命中弄出的声响
也许
我们的声响
就是为了慢慢地散步

用月光中的一丝银线
牵着蜗牛去散步
月光凉凉地
凉凉地照耀着
从东慢慢移向西
我与蜗牛不言语
在月亮的阑珊里安静地散步
从黑夜走向白天
站在白色的云彩下观看绮丽的影像
只看到自己在时间和生命中弄出的尘影
也许
我们的尘影
就是为了慢慢地散步

图 1 牵着蜗牛去散步

缄默

无言
无言者的无言
缄默
缄默中岁月一朝一夕悠然而逝
回眸默望
岁月翻动
大地寂寂，腾出一片广阔让心灵冥想

无语
无语者的无语
缄默
缄默中乐曲一音一符飘然而过
颔首静悟
乐曲翩跹
天空寥寥，腾出一片广阔让心灵冥想

高速公路上飞跑的心情

高速公路上

汽车在向前飞跑
奔赴终点
公路在向后飞跑
伸向起点

霞光在向前飞跑
坠入西山
树木在向后飞跑
射入阑珊

目光在向前飞跑
风驰电掣
秋风在向后飞跑
落叶纷飞

心情在向前飞跑
追赶太阳
影子在向后飞跑
月下消失

飞飞飞
小鸟已不再追
它在路边觅食赏景

跑跑跑
跑没了时光
也跑丢了烦恼

埋

那天
他拿个袋子
一直走在路上
您还好吧？
我还好，只是有些“怒”
把“怒”装入袋子里
您还好吧？
我还好，只是有些“忧”
把“忧”装入袋子里
您还好吧？
我还好，只是有些“思”
把“思”装入袋子里
您还好吧？
我还好，只是有些“悲”
把“悲”装入袋子里
您还好吧？
我还好，只是有些“恐”
把“恐”装入袋子里
您还好吧？
我还好，只是有些“惊”
把“惊”装入袋子里
他背起袋子，走向远方
把装有“怒，忧，思，悲，恐，惊”的袋子
埋在荒野中
然后，“快乐”来了

他带着“快乐”上路了，一直走下去
决定把“快乐”
带入自己的坟墓

一个人

一个人
一个人在走
天空撒着霏霏秋雨
经过那斜风细雨中的草地
深深地呼吸一口气
润肺细无声

一个人
一个人在走
天空飘着朵朵白云
穿过那九曲十八弯的小路
默默地沐浴着阳光
温暖入心中

一个人
一个人在走
天空架起七色彩虹
经过自己心中的梦幻世界
轻轻地哼唱着歌曲
快乐上眉头

时钟

时钟
在嘀嗒
一声　两声　三四声
一圈　两圈　三四圈
就这样　它们汇聚成
时间　时光
在时钟嘀嗒声中
英雄已去
在时间的长河里
美人已老
在时光的隧道中
江山已改
嘀嗒嘀嗒嘀嗒
才子已非
唯有
月依然白　风依然清

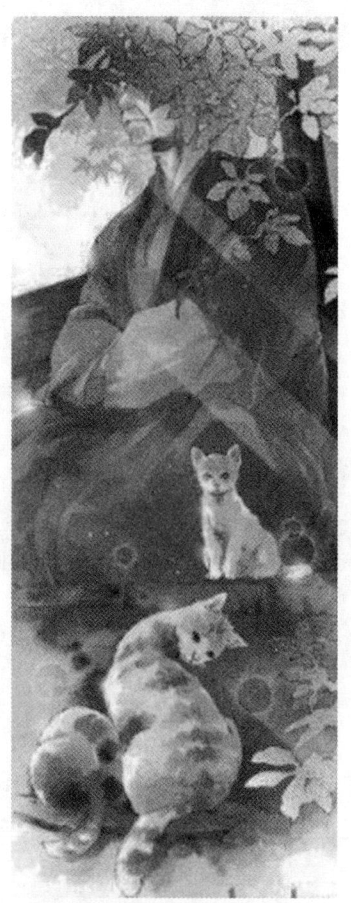

图 2　慢慢时光

月光罩着

夜真静呀
月亮孤寂地挂在天穹
如水清冷地冲洗着眼目
星星无语地眨着眼睛
如钻石镶嵌在深邃的夜空

头枕着双臂仰靠在草地上
静静地合上疲惫的眼帘
淡淡青草的香味扑鼻而来
拢耳冥冥倾听着
草丛里悦耳的虫鸣唧唧

柔和的微风吹过来
惬意地在耳边打个旋儿
穿过静谧而洒脱的心境
缓缓吹开梦境的双眸
默默地数着天上的星星

月光罩着朦胧的大地
大地一片苍茫如银
月光罩着寂静的湖面
波光闪烁水月交融呼应

月光罩着叠嶂的山峦
山峦起伏交错迷雾蒙蒙
月光罩着孤寂渺小的我
丝缕的清凉疗籍着灼伤的心

静默无语

雨雾　罩满远山
月光　洒满远山

花瓣　飘满远山
星光的静默
夜露的静默
远山的静默
孤影的静默
一声鸟啼
水的影子似乎微潋了一下
树的影子似乎婆娑了一下
山的影子似乎摇动了一下
风的影子停歇在眉头上
一滴露水
顺着梦的边缘
滴下
一朵花蕾
在心里
轻轻一颤

简单的一天

清晨醒来
保持清醒的头脑

吸气
使自己的身体平静
感受太阳的温暖
让阳光照耀着肌肤

图 3　静谧的摩洛哥小镇

呼气
微笑活在当下
倾听雨声嘀嗒降落大地
知道这是个美好的时刻

吸气
嗅取空气的清新充满肺腑
吸纳大自然一切美丽
收获天地之精华

呼气
排除体内之浊气糟粕
只选取所需要的
就像蜜蜂采花蜜

看夜幕落下
结束充实的一天

图 4　花女

冬眠

有时很想
就这样
默默地慵懒在温暖被窝中
合上双眼
一动也不动
静静地冬眠
梦见日暮苍山远

有时很想
就这样
默默地蜷缩在窗台阳光下
斜倚一隅
一动也不动
静静地冬眠
雪天墙角数枝梅

沉默

起风时，我常常不再说话
风能把话音阻断而吐字不清

下雨时，我常常默默无语
雨丝把话语已沁湿在脑海中

人群中，我常常是安静的
嘈杂的话声会使人烦躁无比

世态炎凉之后使我明白
沉默无语是人的最佳状态

人情冷暖中已体味到
缄默相视，心悦君兮君已知

默默彳亍

晨雾弥漫
百米之内
只有我在这个世界
彳亍而行
默默游走了一段距离后
这个世界中
还是只有我

午雨磅礴
百米之外
眼前一片混混沌沌
彳亍而行
默默游走了一段距离后
这个世界中
还是一片混沌

夜色阑珊
百米内外
只有混沌世界和我
彳亍而行
默默游走了一段距离后
这个世界中
混沌的我在彳亍

没有孤独
有混沌的世界做伴
没有空虚
世界与混沌的我为伍
雾很浓
混沌的世界迷乱了双眼
雨很大
混沌的我在辨别着世界
夜很深
我和世界融合一体
彳亍而行

默默游走了一段距离后
这个世界中
二〇一〇年元月
正在悄然走过

夜黑缄默

一座山蹲在黑夜里沉默着
獯獯的黑影压过来使人不敢再窥视
一棵树站在黑夜里孤独着
挺挺的身躯摆过来使人不敢再驻足
一把伞靠在黑夜的影子里
缄默地闭着眼睛嘀嗒着自己的泪水
一个梦穿梭在黑夜世界里
寂寞地追捉着飞逝而去的光阴岁月

异客

我是谁我不知
在异乡为异客
雨夜站前旅舍处
撑伞独自走在淋雨的街巷
灯火阑珊水影波光里
听着异乡人的软软温语
好感动好异样好心悸

我的国家很大很阔

一个千里之遥的北方人

默默地潜入了南方

这个人杰地灵的地方

流动的人群似黄浦江水

流动的人群又似西湖美景

流动的人群有他有你还有我

撑伞独自走在淋雨的街巷

雨夜站前旅舍处

在异乡为异客

我是谁我不知

春天有别

我们一起去踏青

五岁

春天来了，妈咪，我们一起去踏青

好呀，我们一起去广场放风筝

十五岁

春天来了，好同学，我们一起去踏青

好呀，我们一起去爬山

二十五岁

春天来了，亲爱的，我们一起去踏青

好呀，我们一起下海去划船

三十五岁
春天来了，宝贝儿，我们一起去踏青
好呀，我们一起去广场放风筝

四十五岁
春天来了，老同学，我们一起去踏青
好呀，我们一起去爬山

五十五岁
春天来了，老婆，我们一起去踏青
好呀，我们一起下海去划船

六十五岁
春天来了，乖孙儿，我们一起去踏青
好呀，我们一起到广场放风筝

七十五岁
春天来了，老朋友，我们一起去踏青
好呀，我们一起到山脚下散散步，叙叙旧

八十五岁
春天来了，老伴儿，我们一起去踏青
好呀，我们一起到海边坐一坐，看看划船的人

九十五岁

春天来了，孩儿们，你们一起去踏青
好呀，我们一起到山崖海角看看您
在您的碑前扫扫墓，拔拔草，远方的风筝飘呀飘

忽忽三月尾

三月的天忽晴忽霾
一个月就这么过去了
三月的地忽黄忽绿
一个月就这么过去了
三月的人忽聚忽散
一个月就这么过去了
三月的心忽忧忽喜
一个月就这么过去了
在微风细雨中惆怅
在桃红梨白里微笑
悠悠寝与食　忽忽朝复暮
忽忽拈笔指一弹
三月忽忽其将暮

雨夜

天下雨了
大地一片洇湿
天也黑了

图5　花

大地一片昏暗
雨在窗外
静静地下
无论夜晚怎样的阑珊
黑也在窗外
静静地黑
无论白天怎样的喧闹
雨浇湿了万物
黑掩盖了万事
一会儿
雨就浇灌着我
我会慢慢地变成一个雨中人
走远
一会儿
黑就吞没了我
我会慢慢地隐入黑幕中
消失

对称美

绒默

站立在镜前

伸出右手

镜中的你

却伸出左手

这个问题

左右着我

望望镜中你

触触纤指尖

彼此嫣然一笑

这也许是对称美

绒默

伫立在水边

头朝着上

水中的你

却是头朝下

这个问题

颠倒着我

瞧瞧水中你

碰碰莲足尖

彼此莞尔一笑

这也许是对称美

绒默

兀立在眼中

对世界而言

你是一个人

对某个人

你却是整个世界

这个问题

感动着我

看看眼中你

撞撞心房尖

彼此相视一笑

这也许是对称美

静候

窗外阳光

把世间染成一片浅黄

一寸光阴一寸金

我正懒散地

消费着光阴

得过且过

空调嗡嗡

凉风把室内吹成舒适

呆想着过去的春天

已不再来

耳边似有蝉鸣
但还未到蝉鸣的时候
难道是遥远的地方
正上演着一场
柳外乱蝉鸣
人在斜阳行

排排图书
不卑不亢　立在架上
无言默语　静态端庄
言而当　知也
默而当　亦知也

天地有大美而不言
四时有明法而不议
万物有成理而不说
我不语　有什么呢

万物静默如谜
在这寂静的夏天里
即将远行　探寻

对自己说：没关系

天空下起淅沥沥小雨
虽然打着伞走路

但裤脚仍被泥水打湿
没关系
洗净晒干就好了

开车去某地开会
快到目的地时
我的车被公交车刮了一下
没关系
司机也不是故意的

独自坐在 10 号地铁上
车内的冷气凉飕飕
不久打透了双肩
没关系
上地面就暖洋洋了

偶然踩痛自己的影子
深深弯下腰
真诚地对自己说一句
没关系
一切都会好的

很想一个人去旅游

很想一个人去旅游
累了，太累了

图 6　花瓶

无论走到哪里都可以
身影陪秋叶缓缓凋零

很想一个人去旅游
倦了，太倦了
无论走到哪里都可以
脚步伴寒风瑟瑟飘远

很想一个人去旅游
烦了，太烦了
无论走到哪里都可以
目光随阳光融融同行

很想一个人去旅游
走了，想走了
无论走到哪里都可以

在地平线里渐渐消失

很想一个人去旅游
哭了，真哭了
无论走到哪里都可以
心载亲人的问候暖暖而归

想你到无法呼吸

情人节
不收玫瑰花
拒吃巧克力
也没买元宵　投入热闹的锅里
不愿出门　谢绝聚会
守着窗儿独叹
不要让我见到你

你已今非昔比
不屑于游山逛水
厌腻了松岩野色
满面尘埃　恣逞街头巷隅
兴落烟霭空蒙间
日月无光暗淡
灰黄在天空上飘移

你的持续侵袭

把人　霾在这个冬季

驾车犹入梦幻西游

驶错方向几公里

在你营造的雾台烟沼里

行人戴着防护面罩

拥衣调气唏嘘

仓皇奔赴　模糊的目的地

遥想当年

你营安胜地绝浮埃

玉骨萦风　潇洒飘逸

绕红撩翠　瑞烟濛幂

寻幽与你偶遇

相对依约

浑似飞仙入云霓

你就是雾霾

想你到无法呼吸

人在雾里　霾来自哪里?

声声慢　寻寻觅觅

粗放增长的 GDP

是否是造就你的谜底

乍暖还寒之际　最难将息

国内多地

遭遇你的“霾伏”

黄色预警　提示人们要自强不吸

图 7　雾霾天的晨曦

压抑的心情在呐喊
何时才能春风来
扫除你的踪迹
艳阳风景簇神州
万籁畅呼吸

烦忧如秋

说是寂寞的秋叹出凉嗖的风
说是阴郁的天流下寒瑟的雨
莫问我心中的烦忧从何而来
我不想说出烦忧缘故的来由

我不想说出烦忧缘故的来由
莫问我心中的烦忧从何而来
说是阴郁的天流下寒瑟的雨
说是寂寞的秋叹出凉嗖的风

没咧，才知道啥是没咧

《唐山大地震》中的三句话，使我哽咽在喉而噙出泪花，“没咧，才知道啥是没咧；地震那年我两岁，我妈砸里儿咧，一辈子没妈；你知道我妈这么多年咋儿过来的？心碎的跟渣儿一样，守着废墟过日子。”

没咧，才知道啥是没咧
1976 年 7 月 28 日凌晨 3 时 42 分 53.8 秒
大地 23 秒钟可怕的痉挛
唐山这个城市　瞬间
在天崩地裂中夷为平地
从颓垣败壁的废墟中爬起
满耳鬼哭狼嚎九天瓦裂
满眼横尸遍地沧海成尘
绝望的惨叫声中
淫雨唰唰冲洗着斑斑血迹
没咧　唐山没咧
没咧　家园没咧
没咧　亲人没咧
没咧　邻居没咧
没咧　老师没咧
没咧　同学没咧
没咧　才知道啥是没咧

一切一切的一切
熟悉的不熟悉的
认识的不认识的

年轻的年老的
通通地没咧
就这样一辈子
一辈子没妈咧
大地不容他们告别
成群成群的魂灵
袅袅出壳飞向天外
恍惚间觉得是一场噩梦
但心痛的感觉真的就没咧

活下来的人
无论是身缺的还是心残的
无论是鳏寡的还是茕独的
他们的心碎咧
心碎的跟渣儿一样
时间在三十多年中
慢慢地一针一线地
清创缝合着
缝合着已成碎渣的心
每一针的缝合　都在滴血
因为没咧才知道啥是没咧
每一线的穿梭　都在垂泣
一辈子没妈的心
早已碎成渣儿咧

震灾有感随笔

2008-5-14　11：14

绝望的呐喊
恐惧的滋味
无助的眼神
在死亡恐怖边缘游历过的人
才能体会得到
三十多年的“唐山完了”
现在已经崛起
生存者
无论是致残者还是健全人
无论是丧亲者还是孤儿
在掩埋亲人尸体的废墟上
生生息息
过着活人应该过的日子

今天的汶川
正在重复着三十年前的震灾
同样淋着细细的小雨
同样是部队的开进
同样是全国人民的安抚
死者已安息
伤者正得救

每一次伤疤的揭起是那样的痛
相同的惨境出现沁出了心中血

灾区同胞的安危揪出了眼中泪

时刻准备着

为灾区的父老乡亲

尽自己所能有所为

亲爱的汶川

相信国家相信党

信赖人民的子弟兵

有全国人民的关心和支持

世上没有过不去的火焰山

2008-5-14　18：33

窗外雨儿哗哗地下

天公已哭花了脸

汶川的父老

你们现在境况如何

也许还在废墟瓦砾之中

处于

生死人间两不堪

生非容易死非甘的绝境

人生

是一场倾盆大雨

命运

则是一把漏洞百出的雨伞

全国人民关注的爱

就是补丁

2008-5-15　08：51

漆黑的夜幕已经降临
半个月亮已挂上天空
同样夜幕下的汶川
也许是山雨沙沙
像一张阴暗的网
罩着灾区人的孤寂和希望

山路是如此艰难地开拓
余震还不时发生
山体面临着滑坡
再次把人们担心影子拉长放大

解放军部队的空投抢险
医疗救助人员的救援
全国各地的救灾物款
温总理沙哑的声音
犹如定海神针
给予人们精神和力量

2008-5-15 12：28

明媚的太阳已经升起
暖洋洋地照耀大地
透过阳光缝隙儿
仿佛看到了
全国人民的爱心
萦绕在汶川的瓦砾上

空中俯瞰的都江堰
还是那么的美丽

遇难的同胞
已消失在这爱心和美丽风景中
追随着三十多前唐山大地震的罹难者
飞向了世人所不知的世界

他们
再也见不到晨曦日暮之美
享受大自然的天籁
再也不能漫步于蜿蜒的林间小径
泅游湖水之中
再也不能碰触亲爱的人
含饴弄孙
再也不能驾车驰骋
感受清风拂面
再也不能聆听喜爱的乐曲
享受美食

希望
你们奔往人间向往的天堂
那里无疾无患
那里无灾无难
那里有世上的一切美好

安息吧　我们的同胞

安息吧　下车的人们
我们曾同乘一列生命列车
只是你们没来得及告别
就匆匆地下了车

无奈

无奈
无奈无奈
华佗无奈小虫河
多少次内心的默祷
有些事情就是上苍的安排

无奈
无奈无奈
走在幸福大街上
感觉却是满目痍疮
前世约定我还欠你一滴泪

无奈
无奈无奈
头被匝上紧箍咒
飞天龙或是爬地蛇
可你是什么呢我无从知晓

无奈

无奈无奈

暖暖阳光爬进窗

悠悠微醺晒透忧与伤

生活本来就是一本无奈的书

无奈

无奈无奈

打开书翻动一页

无奈的过去已经过去

你说云落泪了风就会吹干它

无奈

无奈无奈

无奈正在续无奈

问风无奈又怎么安慰

就像逝者不愿讲如何地死亡

转身

——有感于学习“科学发展观的几个问题”

一转身

清澈的湖泊罕见了

浑浑浊浊的黑水泛着异味的泡沫

再想掬起一捧清凉甘甜的泉水

太难了

一转身
湛蓝的天空罕见了
灰灰蒙蒙的大气层漂浮着颗粒物
再想呼吸一口新鲜的空气
太难了

一转身
万顷良田罕见了
林林总总的大厦侵袭着肥沃的土地
再想梦见沧海桑田的景色
太难了

一转身
有机食物罕见了
红红绿绿的东西损害着人们的健康
再想吃一些放心的食品
太难了

一转身
车窗外的河流已经不知去向
水里的鱼儿已坠入深渊

一转身
天上的那座虹桥已经悄然消失
门前的那只小鸟已不见踪影

一转身

眼前的高楼已遮住了太阳
耳畔的车声噪声此起彼伏

一转身
年老的长辈已经走远了
年青的后辈正紧紧相随

黄河一转身变成了断流
草原一转身演变成荒漠
人们一转身传染上非典
大地一转身一切沦为废墟

等一等　等一等
能否再转回来！？

清明过后落花天

天灰阴　路灰阴
心灰阴阴
地震墙黑阴阴
摆上一盆黄灿灿的菊花
祭奠三十六年前香销的你

你可安好　在天堂
你可安好　怎样过
你可安好　是否流浪

你可安好　模样俊俏的你
可否看到我

今天　我来看你
找到了祭奠你的地方
今天　我来看你
仿佛看到你的灵魂
附在沉重的墙上叹息
雕刻上面的名字
刺痛了我的双眼
急忙转身　回到
唯一缺少你的家

第二天凌晨　4 点半
耳旁有电话震动声不断
拿起手机　没有动静
问是否是老公手机
同样没有动静
屋里睡觉的三人
均被手机震动声惊醒
但每个人手中的手机
均没有动静
起床查看四周
均没有什么异样
异样的感觉涌上心头

难道是你

你用这特殊的方式

来看我

你想用电话来告之

你已来过

你我阴阳两界

无线电波

传递你的讯息

你在哪里

我看不到你

用心聆听

你那久远的声音

别

我

目送你

消失在机场安检口的尽头

飞往东瀛

你

就是我的儿子

别酒频频语寥寥

你

目送我

消失在城市巷尾的尽头

奔往异城

你

就是我的老母亲

别语频频昏又晓

人间

各自生涯别

一回别后一回老

别匆匆　逢草草

但求

风日和晴人更好

眼放何处　心放何处

不看窗外

天已黑黑

因为

丝丝幽光已在头顶眨眼

看得我

眼神

已经流离失所

哦

那些琐碎的人和事

正在眼前往返流窜

我的眼

已经花花

不想世事

心已满满

因为

缕缕惆丝已在心间吵扰

吵得我

心神

已经居无定所

哦

那些困惑的事与人

正在心里上下敲打

我的心

已经惶惶

自由

梦入云雾去避愁，愁却入梦云雾游。

浮云原本无出处，得似浮云也自由。

岁尾投诗弃茫然

天苍苍，夜漫漶

缄默

杵立窗前一隅

俯视街上人影茫然消失如尘

低喃

真真切切地想温暖你
为什么
却温不暖你那寒凝砭骨的心
何茫然
穹夜阑珊无语
寻觅，觅寻
那个我们皆希冀的结局
也许
让身子隐遁在尘埃里
像灵魂离开那被擦伤的躯体
从此会变得轻松

灯幽幽，光漫衍
缄默
蜷缩沙发一角
仰望墙上时钟茫然游走红尘
暗叹
情情切切地想安抚你
为什么
却安不抚你那纵横恣肆的心
何茫然
浮光斑驳无语
思索，索思
那个我们皆渴望的结果
也许
让影子消失在黑暗里
像大脑遗弃它曾使用过的身子
从此会变得安宁

很久很久以前

很久很久以前
风儿轻轻地
吹过金黄的大地
起伏的麦浪令人眼迷
一只麻雀在麦浪上跳舞

很久很久以前
山坡上躺着
比雪还白的羊群
一只牧羊犬卧在旁边
悠悠的笛声在草地上飞扬

很久很久以前
房顶上坐着
看流星从天空划过
月亮俯下身子
亲吻着我的小脸儿

很久很久以前
妈妈的一声呼唤
回家吃饭喽
孩儿欢快地奔向
那炊烟升起的地方

叹秋三首

残荷

柳外蝉鸣已消歇，秋风秋雨多纠结。

当年小荷尖尖角，残花零落点夕斜。

秋愁

暮雨昏灯寒锁窗，残酒半醉饮秋伤。

莫怜庭花孤影瘦，寞惆原本是寻常。

落叶

啸声瑟瑟一阵风，秋叶匆匆飘手中。

昨晨树树繁荫在，今夕寥寥颤寒冬。

把头发挽起来

春天，像个不愿意上学的孩子，磨磨蹭蹭终于到了。日子，如野外的茅草，倒了一茬又一茬。小时候，幸福是件很简单的事，长大后，简单是件很幸福的事。

把头发挽起来

看起来挺拔了许多

舒眉展眼如月牙般微笑中

春风徐徐吹过

神情为之一爽

原来春天的日子是这么飞烟卷雾弄轻风

把头发挽起来

看起来精神了许多

和颜悦色如野花般摇曳中

春光融融洒过

神情为之一朗

原来春天的日子是这么展匀芳草茸茸绿

把头发挽起来

看起来利索了许多

气定神闲如仙鹤般飘然中

春水盈盈流过

神情为之一悦

原来春天的日子是这么湿透夭桃薄薄红

把头发挽起来

看起来简单了许多

屏息凝神如寂山般静思中

春雨纷纷飘过

神情为之一净

原来春天的日子是这么添得垂杨色更浓

秋乏

——疲劳驾驶者的大忌

秋天的午后
洒着白花花的阳光
透过车窗的玻璃
刺在乏困的脸上
熬夜微红的双眼
眼角泛起点点泪光

路朦胧鸟朦胧
秋虫在呢哝
花朦胧人朦胧
泪眼叩车窗拢
双眼眯成两条缝
来勉强辨别路的航程

拍拍脸甩甩头
抽手戴上墨镜
霎时窗外景色暗色变浓
移动着车掠过移动的车
犹如梦游般地穿梭
东拐西晃地向前

迷糊犯着迷糊
打开车窗吹风
热浪和噪音

犹如爆炸似地涌入
燥热的心在升温

关闭车窗
打开音乐
好似催眠曲的音乐声中
腾出一只手
翻出包里的咖啡嚼片
一把放入口中
二把吞入喉中
三把下肚之后
一瓶所剩无几

脑子清醒了
直到半夜
还在辗转反侧中

行走的灵魂

走
远游跋山川
树，甜蜜的愔绿
冥冥杳杳杳冥冥
走
什么也不想
忘却营营苦

勿念役役乐
灵魂杳冥
一半浮生梦中行

走
乘舟涉碧海
云，甜蜜地畅游
舒舒卷卷卷舒舒
走
什么也不想
拂潮云布色
日脚斜穿浪
灵魂卷舒
旋舞沧海如浮萍

走
行迈久风尘
天，甜蜜的湛蓝
净净清清清净净
走
什么也不想
披着霞光衣
踏上云彩路
灵魂清净
笑看世间几飘零

走

草履越天涯
花儿，甜蜜地摇摆
灵灵鲜鲜鲜灵灵
走
什么也不想
莫问来世福
忘却前世缘
灵魂鲜灵
穿过苦厄向天庭

此刻，安然

许久，许久
没能安闲地翻翻我所链接的博客
欣赏他们的文采了
是时间不足，还是事儿太多
都不是
是浮躁的心，难以再安静下来
刚才，点开许多链接博客
大多数博主已不再写博
留下的是曾经的痕迹
也许他们还来？
不知道
现在能发表自己文章或见解的地方太多
比如 QQ 大哥，再比如微信小弟
还有新浪围脖

都具有多快好省的优势
让大家拥护爱戴着

许久，许久
没能安闲地听听我所喜欢的音乐了
博客里很难上传
写文随之乏力
耐力，坚持，静心，降噪，耐得住寂寞
这些都是写博的动力
可喜的是还有许多坚持者
尤为敬佩马未都先生，是最为有定力勤奋的耕耘者

翻看艾小羊的博客
“我耕耘过的地盘，有我的历史，与你们的历史。”

翻开安顿的博客
“未来不迎，当下不杂，过往不恋。”

图 8　常伴我身唯有影

是的，虽然博客开始寂寥
正是修行的好地方
静静地读心写博
心随念走，身随缘游
此刻，安然

选择

选择
是难的
难分伯仲 A 和 B
会令人寝食难安
有时选择了 A
恰恰 B 在前面
向你招手

选择
有运气的成分
像赌博一样
天若助你
会洪福齐天

选择
是权衡利弊
轻重得失
每一个人

都有自己的选择

无论选择对与否

贵在勇于承担

四月还不错

四月

愚人节没被愚弄

还不错

四月

清明节在路口祭奠逝者

还不错

四月

在家乡签了 ×× 合同

还不错

四月

申根的护照出签了

还不错

四月

和朋友一起自驾郊游觅山水

还不错

四月
高大的儿子生日快乐
还不错

四月
在商场买了三件喜欢的衣服
还不错

四月
父母虽有小恙但无大碍
还不错

四月
提交了申请待批
还不错

四月
他很忙碌但很充实
还不错

四月
看了四本有趣的图书
还不错

四月
由黑毛衣换成了白衬衣
还不错

图 9　淡蓝影里的人家

四月

花红柳绿地迎接红五月

还不错

他她有别

上班时

他　提包下楼

她　提包拎袋（垃圾袋）下楼

下班时

他　晚回是常态

她　按时到家是常态

一人在家时
他　把防盗门和木门全关
她　只关防盗门，木门虚掩以便他少开一道门

进家时
他　换下的鞋常在鞋柜外
她　换下的鞋常在鞋柜里

换洗衣服时
他　把脏衣服扔到洗衣机，从衣橱拿干净衣服
她　负责洗完，晒干熨烫，收拾到衣橱

休息日
他　坐在沙发看书看电视
她　拖地抹柜浇花收拾房间

逛商场
他　没耐心，若有书籍，陷入其中不动地儿
她　稍有耐心，钟情衣饰不觉累

发工资
他　工资卡密码数目绝不想费神知道
她　工资卡密码数目必须费神了解

在一起时

他　常常表扬她

她　常常批评他

一人在外时

他　常常打电话发短信问什么时候回

她　偶尔发短信问什么时候回

生气时

他　常不吱声或莫名其妙她为啥生气

她　常发火他不懂为啥她发火

一人出远门时

他　一天一问询隔天一问候

她　仅祝启程顺风归程顺利

对待书籍

他　痴迷买书，常有书看一半就抛置角落置之不理

她　痴迷借书，一次只看一本并一鼓作气读完

遇到烦恼事

他　无论工作多忙多烦恼，情绪决不带回家

她　若有烦恼，会自己先郁闷一下，再把烦恼一股脑地抛给他

家事决策

他　购车买房置备家当孝敬父母一切事宜，均由她来管理，即使有失误决不抱怨

她　虽事有失策，但求人安。人生自古就不可能十全十美，她明白这个理

他与她　本就是两个独立的个体，就这样有区别地走到一起，并决定相互迁就帮衬地继续走完这一生

祈

今天
是你的生日
默默地
稽首皈依祈上皇
祈念健康每一天
迷蒙风雨中
我们一路走来
执子之手
青青子衿舞蹁跹

今天
是你的生日
深深地
瞑瞑入定陈虔祈
祈望平安每一天
风尘岁月中
我们一路走来
执子之手
至亲如水情似棉

今天

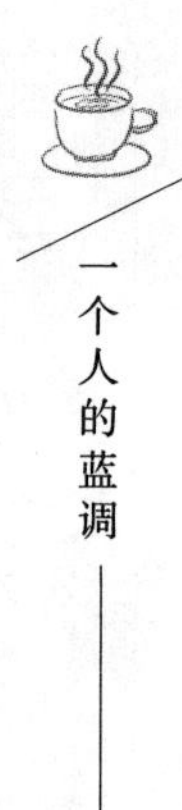

是你的生日

静静地

沥胆隳肝更祷祈

祈愿快乐每一天

朝花夕拾中

我们一路走来

执子之手

不羡鸳鸯不羡仙

雾霾

一点芳心冷若灰，周行七步惹尘埃。

游目四方试借问，雾霾为何久徘徊。

藏头诗（兰心蕙质）

兰芷之室芬芳馥，心荡神摇探何故。

惠风和畅见玉姿，质而不俚拂尘露。

咏春

柔情细雨簌心弦，嫩绿芳草舞翩跹。

鹅黄垂柳戏清水，烟锁池塘鸟相牵。

牡丹

静卧夜车赴河南，芳心只为迷牡丹。
伟岸帅哥把路引，英落花都心已酣。

打油诗

风枝雨叶不关愁，春来秋去打酱油。
神马都是浮云处，笑观西山落日头。

四只小天鹅

繁丽丰硕四天鹅，着霓戴羽舞婆娑。
姿格绝异婀娜态，惹得垂柳抛春波。

新年第一场雪

周末眯瞪晚起床，掀帘惊现雪花窗。
本想驾车闲逛去，重回被窝续梦香。
瑞雪散漫飘阳光，腊梅枯淡水仙寒。
借问何寻惊喜事，再度醒来闻芬芳。

奢望

向阳茅屋一二间，面朝大海背靠山。

一条老狗伴左右，欹枕看星抱月眠。

第二篇 / 赤情

身在红尘，人以群分。
烧一片心香，
感恩身边的亲人、爱人，
友人生人。
一路有你，不问东西。

/ 高小妖 /

“姐，我有个别名，叫高小妖。”

我打量一下眼前比我小一岁但像小十岁的同事。身材高挑，曲线凹凸有致。似波涟漪弯流微曲的长发在脑后凌乱地束成菊花状。湖蓝的贴身T恤衫，短到一侧身就露肚脐，毛边紧身牛仔裤紧抱着翘臀，有些娇嗲的语气和拉长音的神态。暗自道，高小妖，名副其实。

人间四月芳菲尽，山寺桃花始盛开。

“姐，我们一起去泰国普吉（岛）吧，湛绿色一片，纯天然。”

“好，但现在红衫军闹得厉害，行吗？”

“没事，去年我去新马泰一游，在曼谷我们还和红衫军相互友好地打招呼呢。”

“那么，好吧。”

于是我们交钱报团了，但临出发时候，由于红衫军的事情，国家发禁令不要去泰国旅游，就又退团了。

五月榴花照眼明，枝间时见子初成。

“姐，×××美发厅，免费焗油膏给头发做保养，只收费用15元/次，我已经做过两次了，效果不错，你也去吧。”

“哦，好，有机会就去。”我最终没去，后来她也不去了。

西湖仙子六月中，映日荷花别样红。

“姐，×××影楼只消费几十元就可以拍艺术照，若自认为好的，再加钱。”

看着她已花几百元精美的影册，里面的人物既妖且丽，回眸一笑百媚生，有些已不识庐山真面目了。

“照片真美。可是，我长得太丑，还是不去照吧。”

七月坐凉宵，金波满丽谯。

“姐，××× 卡拉 OK，用网上打印出来的优惠券，几十元钱，我和朋友一起有吃有喝地唱得声嘶力竭地回来了，什么时候，你也去。”

“好，有时间去。”

八月长江去浪平，片帆一道带风轻。

“姐，我上次烙了三块肉饼，送我家楼上一块（楼上是一位体弱多病的离婚女人），特香。”

一天，她端着小塑料饭盒来了，“姐，我包的饺子，特好吃，送你几个尝尝。”

“嗯，好吃。”看看空饭盒突然想起我有枸杞子，给她倒满枸杞带回。

可怜九月初三夜，露似珍珠月似弓。

“姐，××× 洗浴中心，可以买几次的卡，限时消费才几十元一次，特便宜，还可以蒸桑拿，小鱼儿啄身等，我们几位已经去过了，下次带上你吧。”

“好，有时间体验一下。”

不知十月江寒上，陡觉三更布被轻。

“姐，现在天凉了，应该去普吉岛了。”

“好，遇到合适的报价就报吧。”前些日，我们报了北青旅的团，普吉岛六日游。

“姐，加菲猫讲，值得做的事情都值得一做再做。如果玩得好，以后咱俩再去韩国。”

“好，到那里去做整容，也做一位人造美人，回来后让家里老公不认识咱。”

“姐，要带两套游泳衣；姐，我去银行换泰铢；姐，要白天的飞机，夜间太累了；姐，飞机在香港转机需要两小时，我们可以在机场内转转；姐，泰国欧莱雅便宜；姐，三十日早要找人送机场；姐，我带上扑克牌和洗漱用品，你就别带了……”

“嗨，高小妖，别太兴奋喽，现在，新闻不断爆出，台风、海啸、地震。昨天，看看普吉的天气阴雨、雷阵雨、阴雨、雷阵雨，没有一天是晴天，有些担心。”

“姐，没关系，带上雨具，我们可以在宾馆放松休闲打扑克，游泳。”真是相约一起住几日，闲打扑克看浪花。

高小妖，城府浅如清溪，一位外界越热闹、内心越热闹的女子。在她眼中，似乎全世界都是好的，风是和煦的，云是绵密的，光是灿烂的，天是荡漾的。

十一月中长至夜，几千里外远行人。

甘于寂寞的我和不甘于寂寞的高小妖一起起航远足了。

/女人花/

“淡淡的生活，静静的思考。”多好的箴言，这是王小优常说的一句话。

王小优，硕士女，七十年代出生，一位女外科大夫。头发随便束在脑后，身材不高但很干练有力，眼睛不大却炯炯有神，虽为女子却有男人的气概，爽朗大度，幽默睿智，有很强的事业心。通过为数不多的几次接触，我却从内心深深钦佩她和欣赏她，认为她是一朵盛开的女人花。相信不久的不久，她一定在事业上有所成就，这一点在她的一言一行、一颦一笑中我看出了端倪。

1

一次，通过单位的OA给她发过去一个文件。

王小优：“谢谢！美丽的×××！还是你对我好。实在是太忙了，生活真充实呀。多联系。祝好。”

那天下午遇见她，她上完夜班还未走，我对她说，“你太辛苦了，这么任劳任怨”。她讲，“有手术走不成，实在太忙了，不辛苦，多好的学习实践的机会”。

想起台湾财经和教育界典范人物李模先生在回忆录《奇缘此生》中的一句话：“拿别人的薪水，学自己的本事。”李模先生说：“我在工作中学到了很多东西和本事，不但不要交学费，还有人向我付薪水。因此就努力多学多做，因为这是拿别人给的薪水，学到的是我自己的本事。”王小优，你不成功谁会成功。

2

应该是有缘，到外地出差，我和她接触过两次。一次，她所带的行李极为简单，就一个小挎包。进入机场时，却屡次抢我们大家的背包和行李来拎，看到比我矮半头的她，我在推让中说，“千万别抢，让外人看到，好像我欺负你似的”。她哈哈大笑，把手伸出来讲，“小瞧人是吗？咱们掰手腕，看谁有劲，没有这点力量还能在外科界上混”。领教过后，暗自佩服，王小优，你真的很有力量。

在候机室，陆续看到各大医院到来的或高或矮或粗壮或文雅的外科大夫，她一边斜睨窥望着他们的言行一边和我窃窃耳语，“瞧，那位，很粗俗自大；瞧，那位，很孩童情绪化；瞧，那位，很有派头；瞧，那位，很有个性；瞧，我最喜欢那位，很有才而且温文尔雅”。我的天，她所点评的可是在北京外科界鼎鼎有名的人物噢，由于是同行，她对他们很了解，对他们每个人如数家珍地欣赏或调侃着，不以为然的表情溢于言表。我暗自惊讶，真是一个勇于欣赏男人或贬低男人的魅力女人呀。

下了飞机，微风轻抚，阳光温和，鸟啼清婉。乘出租到宾馆的路上，我们坐在后排。她细眼眯眯地望着车外沉迷心醉，嘴里呵呵地笑着，“真美呀，真好呀，真幸福呀”！似三岁孩童出门般那么稀奇激动，那么情不自禁。我笑道，“你为什么总是呵呵地笑出声，心里高兴就行了，怎么会那么激动”。她讲，“我太高兴了，你看外面又那么美，想想我的生活真的就没有发愁的事情”。我侧头看她明眸皓齿的脸，暗叹，真的是快乐知足的小女人。

青岛啤酒全球营销总裁严旭说，“工作中要忘记自己的性别，生活中要记住自己的性别”。在宾馆，黄昏的时候，霞光灿然，便是她回眸一笑，云发飘扬，曳着白衣宽衫，很有女人味。第三天早，起来，她的眼睛突然红肿了，我非常惊讶，关切地问，“怎么了，有病了”？她讲，“没什么，只是想女儿了（不足十岁的小女），有点儿上火，不自觉地又流泪了”。我暗自感叹，好一位坚强外表下藏有柔软心怀的好妈妈。

下飞机回京，已经很晚，一起坐出租车回家，特地绕道先送她，然后再回返。就是本想不让她再掏近百元的打车钱，她下车后，却突然丢下百元大钞，讲一句“再见”，很快消失在黑暗的夜色中，我当时无奈苦叹，王小优，你为什么总是让我欠你的，这样是很不公平的哦。

3

通过院内 OA 把景物照片发过去。

王小优：“美丽的 ×××：收到，一收到你的信息，就心情大好。你办事效率还是很高的。你还别说，抛开取景不说，我还真给你照了几张好照片，就得照相时‘想点别的事’——那么发自内心的高兴，神采飞扬，而且笑得那么阳光、灿烂。你在我身边是很愉悦的。

不照相我不知道自己长啥样，以后你别给我照相了，我还以为我长得怎么也中等稍偏上一点，一看照片让我泄了气，你以后再也不要张罗着给我照相了。

美丽的 ×× 之行，咱们留下了好多美好的回忆：后花园小坐，江边吃方便面，一只可爱的小猫和咱们亲近，最有意思的就是在机场了，咱们和金琼琼（注：地勤人员）打了一架，一想起来我就哈哈大笑！祝好。”

4

王小优：“美丽的 ×××：今天看门诊时打开电脑看到邮件，我仰天大笑，谢谢！你是一个美丽善良知性智慧的女子。‘淡淡的生活，静静的思考’，这是我的恩师程教授送给我的一句话。随着年龄的增长，越发体会到其中的韵味。美丽的 ×××，有时间一聚。祝好。”

5

我：“谢谢你反复的夸奖，我看不回复你还会继续夸奖下去，文字神采飞扬寓情寓悦，如你的名字一样纯洁美丽和聪颖超群，真是一位女人花哦。梧桐一叶而天下知秋，我有理由相信不久的将来，你在外科领域不单单是男多女少般的凤毛麟角，在学术和业务上一定也是鹤立鸡群令那帮外科男人们垂涎三尺。”

曾记得安妮宝贝的一段话，“多少言语，多少书本，不是为了解答众多答案，它们没有这种力量，是那些在寻找解答的人在寻找中得到了力量。认真走路的时候，会忘记真实的目标在哪里，持续而明确的发力本身，就带来抵达”。

王小优，若我们付出了一样多的岁月，你却能比我换来更好更馨香的回忆。

女人花，摇曳在红尘中，女人花，随风轻轻摆动。

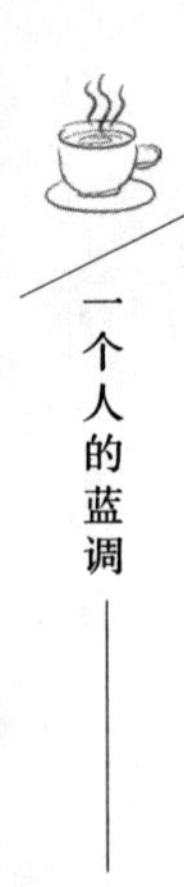

/雪晶/

今天是阴历二十六，或遥远或零星的鞭炮声，或忙碌或返乡的人丛中，预示着新春的钟声不久就会响彻耳畔，人们的心情已经开始浮躁不安，路途远有假期的人们开始迫不及待地踏上了归乡省亲的征途。

岁月不居，时节如流。立春的节气有了春天的气息，前些天，这里又下了一场瑞雪，预兆着今年的五谷丰登。早晨出门，深深呼吸几口清鲜潮凉的空气，想起唐朝韩愈的“白雪却嫌春色晚，故穿庭树作飞花”的景色。雪白的积雪不薄不厚地盖在汽车上面，我边掸去积雪边看，雪很白如砂糖，晶晶颗粒从身边飘落。想着洁白的雪花是由一粒粒晶莹剔透的雪晶凝聚在一起的。它们冰凉而湿润、神秘而美丽、洁白而晶莹，突然想起一位朋友恰好就叫雪晶。

雪晶，年长于我几岁，精力永远处于积极活泼动态型的状态。我却总想使自己处于“风雨不动安如山”的一种境界。她白净如雪的脸上，镶衬着一双月牙一样的眼睛很有魅力，眼神如山林中的湖泊纯净而透明。她性格阳光，侃侃而谈，思维奔放而发散，爽朗的笑声常常回荡在空中游历四方。

由于她的好说会说和能写，性格活泼开朗，单位的许多文体活动，总能看到她的身影。所以，时常被评为工会积极分子。

由于她干活麻利，工作的时候非常能干，而且把活干到家。所以，隔三岔五地到年终被评为优秀职工或优秀党员。

由于她热情、主动的性格。所以，许多人都喜欢她，不犯怵她，有什么事情都会主动找她商量或搭伴前行。

由于她自信满满，什么事情或事物在她眼里都是光明大于暗淡。所以，把女儿捧成了一朵骄傲的玫瑰花，捧到了北京外交学院。

由于她喜欢做饭，而且色味俱全，津津乐道而不厌其烦。所以，大家聚餐她总是主动操持一切，她的色香味食物紧紧拴住了她老公的胃，吃她做的饭食之甘怡，其他饭都食之无味。

接触时间一长，我渐渐悟出了雪晶做人或说话的艺术内涵。

直呼法：对同事无论年龄大小，直呼其小名，这样，有如家人的亲切感。而我却常常用尊称来呼其名。曾记得杂志上有这样一句话正好可以对号入座，“称呼对方的姓名对于对方而言是最甜蜜的语言，请记住这条语言学原则”。

推舟法：重复同伴的话语并将含义进一步引申，比方，我说，“这个楼真是高呀”，她会接着继续道，“这座楼真是高呀，附近再没有比这更高的了”（的确它是最高的而不是奉承的话），顿感与人善言，暖于布帛。

冲锋法：如果集体活动，或有领导在场时，她往往冲在人群前面，顺着领导的思路滔滔不绝地讲，任何场所都不会冷场。

细节法：如果一群人登上山顶，站在山顶眺望。我会说，景色太美了，就没有下段了，常常只是一个大轮廓地赞美。而雪晶就会发现细节的美，比如，你们看，那边山坡上有一只吃草的羊，或是你们看，天空上有一只翱翔的鹰。

近距法：她和别人对话时，常常离你很近，并随手翻翻你的衣领，捋捋你无意中落下的一缕头发。有一次，她感冒很严重，咳嗽不止，但和我讲话时，离我很近，我下意识地后退一下，她边说边无意识地跟近上来。

孤赏法：下班了，常常洗完澡后，在办公室门口亲切地拉长语调呼叫小名，待我出去，我们站在门口，她会像花蝴蝶一样展开双臂，兜个圈后，向我展示她身上的一套衣服，上衣如何如何，下衣怎样怎样，搭配在

一起效果怎么怎么好，我常常是微笑地应诺着，连说，好美，好漂亮。

亲为法：外地家的同事从家乡回来，有时会带些家乡的特产。我若要拿来，常常是放到要送的人桌上和手上即可，顶多语气故作轻描淡写地丢一句，“家乡带来的特产，尝尝吧”；而雪晶给我拿来牛肉干时，是一只手拿所送的东西，另一只手攥着一捧往嘴里送，嘴里边嚼着，边介绍其味道如何如何好，肉是如何如何精，甚至连肉干的大小也会评头论足一阵子。经她介绍完毕，我马上就会口舌生津，有立刻撕开袋子开吃的欲望。

骄傲法：不会轻易谦虚，只要有一点点成绩，骄傲和喜悦早就欲盖弥彰，溢满双眸，渴盼着所有人的钦羡。对别人也是一样，抓住就被她表扬得一塌糊涂。

加水法：干巴巴的一件事情，摆在那里很是枯燥无味。有时候我会把一分的成绩说成一分或是 0.999 分的成绩，但雪晶会把一分的成绩说成一分或是 1.001 分的成绩。把事情稍微加滴水进去，马上事情的结果迥然不同。犹如三鲜馅的饺子，略加进一点油水，味道会更好，口感更顺滑。

尽力法：工作上的事情尽力尽早圆满完成，而且，干完这件工作后，能让别人知道，所干得这件事的不易和尽力的程度。

兴趣法：集体出外活动，决不会拖后腿和扫兴，一切都尽兴而玩，一朵花一水洼、一棵树一座柱、一面旗一片畦或一帅哥都会入她法眼后，颌首弄姿微笑相伴入镜头。

有一位禅师讲：“心头压着冰川的人，脸上始终敷着冰，任何人都会拒你千里之外，然而，心里装着炉火的人，所有的块垒扔进来，也都会冶炼成明晃晃的真金。”

你不可能认识每一个人，但有可能让每个人都认识你；你不可能喜欢每个人，但有可能让每个人都喜欢你。

吴静的《女儿情》歌中，悄悄问圣僧，女儿美不美。

我的《雪晶》文中，悄悄问世人，雪晶美不美。

/陪护/

得到老妈摔伤的消息，我正在班上，那是 10 月 30 日周三上午。

晚上，给老妈打电话，得知已住院。她讲，自己脚踏一个方凳子，想擦家里的一扇窗户，不小心摔跌在地上，右腿痛得不能动弹。当时老爸刚出门溜达，没有带手机。她只好在地上匍匐，蹭到另一间屋子的柜子旁，伸手拽过上面的电话，也许是电话线被拽接口松的缘故，电话就是不响。无奈之下只好又蹭爬到门口，求助外面的人，对门邻居两口儿不在家，叫喊了一阵后，楼上二层下来一女孩，问怎么了？老妈讲，我摔伤了，帮忙打个电话给我老闺女，(因她心里只记住了妹妹的电话)，那女孩讲，我手机坏了，我再叫一人，又把二层另一家的一个男人叫下来，他腿有点伤休养在家，瘸拐着下楼，替老妈打老闺女的电话，没人接听(当时妹妹把电话放包里，没有听到电话声)。怎么办呢？因其他人的电话没记住，楼上男人又找来工具撬了半天防盗门，没有成功。这时，老妈想起了有一把门钥匙放在南屋柜子的抽屉里，就又拖蹭着身体挪到屋里，把抽屉里的钥匙拿出来，又蹭到门口，让人打开防盗门，邻居进屋，找到电话簿，老妈让他打表姐芸的电话，通了，老妈让她快点来，腿摔折了，让其儿子和表姐夫一起来帮忙。表姐夫打了妹夫的电话，妹妹和妹夫到了，对门的邻居也回来了，老爸也回来了，前前后后用了一个多小时。老妈讲，当时就差点儿哭了(听到这里我眼眶湿了)。大家找块板，把老妈抬上车，妹妹、妹夫一辆，对门人家一辆，一群人带着老妈去了医院，检查结果是右大腿骨折。

第二天我请假，独自驾车上了高速，跑到一半近100公里的路程时，就不明原因的堵车了。给妹妹打电话，她讲老妈检查完毕，不用太着急。我被堵在路上，车的周围是大大小小的各式车辆。煜煜阳光动，欣欣客意宽。车上的人逐渐下来，谈着话活动着四肢，我把车熄火，摆弄着一个导航仪，后来，索性把座位后仰，身体放平，拿一本书看着。被堵的车似一条长龙即看不到龙头也看不到龙尾，恍惚间很希望这是一场梦，梦醒时，我睡在温暖的被窝里，老妈没有摔伤。两个小时后，车龙蠕动了，速度逐渐加快，各自消逝在自己的轨迹中。

到了医院病房，除了腿疼痛外老妈的神情还不错，一家人围在床旁，舅家的表兄弟姐妹陆续来医院探望老妈嘘伤问痛，老妈一遍遍地重复着摔伤的过程并对登高懊悔不已。

老妈住在骨科医院的三层老年科，病房设施很宽敞，中央空调，很热，当晚我就陪在医院，上衣只剩一件汗衫。经过探寻医生讲，要下周二才能做手术，现在只能输液活血化瘀，消炎止痛。老妈右腿打着沙袋，缠着绑腿，一动就痛，护士要求勤翻身，以免皮肤长褥疮，每一次翻身都痛得大汗淋漓。我为她拍背揉肩，端屎接尿，洗洗涮涮，端水喂饭，精心伺

图10　双荷记

候着，晚上间或迷瞪一会儿，脑子始终处在以老妈为中心的忘我状态。由于室温较高，浑身汗津津的，眼是迷离离的，走廊里晃动着人的影子，却看不清面容。半夜，睡在走廊边的陪床家属，响亮的呼噜此起彼伏。就这样从住院第二天开始到手术后第五天，共 11 天 10 晚侍奉在老妈床边。

因要工作，11 月 10 日周日返京，恍惚间，驾车错入了唐丰高速，开出十五六公里后又折回，拐进京哈高速前行，开到天津附近的宝坻服务区，实在迷瞪犯困，在那里休息半小时，出来吹风精神抖擞一下，继续赶路。

深秋的空气干爽，晴朗清浅。阳光暖融融的，空气里都是闪耀的金色光斑。回程高速路上没有堵车，到家附近却被堵了一个小时，回家收拾完毕，倒头就睡，昏沉睡迷中已近傍晚，朦胧中感觉老公回来了，他讲，我给你熬点粥吧。

饭熟了，他叫我吃饭，我脑袋里第一反应，问老妈吃粥吗？话未出口一看身边，老妈不在。

/ 暗室逢灯 /

周二，是我车尾号限行日。根据规定，若要在限行日开车，在早7点之前或晚8点之后，必须的！否则N张100元罚单寄给你。

隆冬的早晨，夜色灰灰梦影沉沉。平素20—30分钟路程，6点40分出发有些慌张，我在犹豫不决中上了路。

“时间就是金钱”至于你信不信，反正我是信了。紧追快赶和时间赛跑，关键时刻，手机和汽车上的时间均不可靠，扭开车里收音机，边听当日新闻，边祷告它晚点报时。

还剩最后一个路口，红灯又亮了，“北京时间7点整！”报时响了。唉，此时信号灯若是那环保色，再有2分钟就可到单位了。时针，在我盼绿似盼辰钩月，等得玉销花损时坚定不移地向右偏移3分钟。悲催呀，这里可是主要交通要道，横贯三环桥下路口，车多人多探头多。

看也是一种行走，一种方向。瞪目红灯闪烁狡谲的光，环顾接踵邻车半睡半醒立西风，斜瞄阴森探头无情有意两莫测，焦灼的心在一片车辚辚，灯萧萧，行人匆匆影沼沼中起伏不定。想起王菲所唱的《棋子》：想走出你控制的领域，却走进你安排的战局。我没有坚强的防备，也没有后路可以退。想逃离你布下的陷阱，却陷入了另一个困境……我像是一颗棋子，来去全不由自己。

无望中惊鸿一瞥后光镜，发现我后面的那辆车，车灯熄了。窗外是秃枝嵌空微暗淡，不是车灯关闭的时候，寻思间一种莫名的感动使我眼前绿灯一亮。如果后车的灯依然亮着，我车尾乾坤一览景无边，被限行的敏感号码，跃入高清晰探头的概率就会上升。但后车的灯灭了，号码似雾里看花水中望月有了朦胧美，若在灰暗中快速潜行，也许会侥幸逃之夭夭。

车开动了，那辆车不久隐遁在暗流中消失了。我低喃：朋友，这个路上有你，我多了一重微笑的理由。

为司机不易，首都司机尤不易。堵车时堵心需要自己来疏导，限号时限行需要自己想办法，任凭各种税费油价水涨船高，无伤大雅的刮蹭小伤要岿然不动，因修车次数和车险是成正比加倍上浮。常在路上跑，谁敢保证不被女魔头吻一下，遇上此类事件，烦恼归烦恼从容且从容。间或，看直播《红绿灯》，每天都有事故发生，车损人伤（亡）得触目惊心。偶尔掐掐大腿，自己竟然毫发未损坐在沙发上看节目，简直就是前世修来的福，奇人一个。

人，活在世上，承受数不清的责任和义务，在风雨兼程奔赴终点的征途上，我们都是赶路人。拥挤道口会车时，一句轻声的提醒，“请把方向盘掰掰，轮子止一点，容我车能过去”；驶出停车场时，一个善意的微笑，“请走吧，时间不足不需交费”；迷路问道时，一个真诚的善举，“还有十几公里呢，请跟着我车走吧”；出门远行时，一句衷心的祝福，“小心驾驶，一路平安”。

“爱国、创新、包容、厚德”是北京的精神表述语。一句轻柔的叮嘱，一个善意的手势，一个微笑的眼神，一个体谅的举措，一个角色的互换。不在乎你给出的是什么，而在于你给出的东西里倾注的爱心，使之感动，这是任何金钱都买不到的。

清朝夏敬渠的《野叟曝言》第十回：“天幸遇著相公，如暗室逢灯，绝渡逢舟，从此读书作文，俱可望有门径矣。”

/ 老公是位月亮男 /

现如今，又出现一个新名词——月亮男。

有一种男人，外人对他们的评价特别高，职业好、收入高、朋友多，要说和这种男人过不下去，真的没有人会相信。但是他们带给妻子、孩子的却是无尽的黑暗和痛苦。月亮男就是这群男人的代称。这样的男人像月亮一样，把光明送给了大众，把黑暗给了家人。

她的老公就是一位月亮男，远的不说，就近期的事件举一两个例子就能对号入座。

一周七天都在单位加班或应酬，能有一天正点回家就已不错，有时这一天还是让给了朋友。有一次他正点回家了，到家只是凑到她耳边，抱歉地笑笑，说已与朋友约好去打网球，回家换好衣服，拿着网球袋子就走了，这不是第一次，肯定也不是最后一次。

她有游泳卡，一直希望和他一起去游泳锻炼身体，或是一起去看一场电影。但不是他忙没有时间，就是他不情愿动，认为朋友就是朋友，工作就是工作，两者要放在第一位，家人好商量，宁可陪朋友去，也要孤寂家人。

她生日那天，恰好是她老公晚上值班不能回家。他主动说要调换一个班，为了给她过生日，还问需要什么礼物。她说，大家都上班没时间，还是算了，你也无须再换班，太麻烦了。再说，前些天你开会回来在国外给我买的瑞士装饰手表，很是精致漂亮，就权当是生日礼物了。

傍晚老公打电话给在班上的她，“我已调换班了，下班后我去商场为你买了生日蛋糕和礼物”。她着实很感动，心里热乎乎的。

到了下班时间，她准时收拾停当正准备回家团聚时，电话声又响了，“你等一会儿，把东西顺便捎带回家，我接到一个电话，有一个急诊需要处理，要去给病人做手术”。

她只好自己带礼物开车回家，美味的蛋糕默默地放置在茶几上，没有吃的欲望。礼物是红红的半袖毛线衣和黑黑的羊绒长袖衫，很漂亮也很时髦。但被她蜷缩在塑料袋里，抛到了衣橱的角落，没有对镜试穿的念头。

在生日的晚上，月亮男老公一直没有踪影出现，清晨才看到他疲倦地睡在床上，说是半夜两点多才回来。

第二天他又跑到了外省市，据说是去看一位骨折的病人，随后又来短信道，“抱歉今晚不能回了，明天再回”。

周一刚上班，又来短信，抱歉，今晚有会不能回。

月亮男的“劣迹”不胜枚举，她与他结婚前十年内，他们是离别比相聚的时间多。月亮男的父母相继去世时，作为儿子的他一次也没能赶上在父母临终前守候，或守丧送别。

他把光明送给了别人，把黑暗给了家人，对于这种月亮男，她大多是体谅的，但时间一长，次数一多，心里也是无奈的。

一月的白雪、二月的剪花、三月的春雨、四月的桃花、五月的溪流、六月的青山、七月的彩虹、八月的圆月、九月的太阳、十月的秋色、十一月的红叶、十二月的圣诞，她知道这些景物，并不是因她而存在，但她的欣赏让它们从真实变为美丽。如果有家人、爱人能一同“夜宿古寺听梵音，晓登危岩观晨霭”，那将是另一番的闲情逸趣笑谈人生世事。

她喃喃道：“我还是不太喜欢月亮男哦。”

/ 鲁冰花 /

今天是腊八，俗语说得好，“腊七腊八，冻掉下巴”。我说，“腊七腊八，我想妈妈”。虽然是寒冬季节，但想起妈妈，心中有一股热浪在翻滚。

打开冰箱的冷冻仓，有两个抽屉塞满了妈妈包的冻饺子。愁呀，眼看着春节又到了，回来后又要一包包的饺子往回拎。

每次回娘家团聚，回返的前两个小时，妈妈就开始整理一些给我所带的东西。常常大包小裹地把车的后备厢塞得满满，犹如救济灾民一样，唯恐她女儿吃不上饭饿着。

一包在自家暖气上晾晒好的红薯干，炫耀道，这是你爸在菜市场买的上好的红薯，我们洗净，蒸透，大的就切开，再放到暖气片上晾晒几天，收好，给你留着，不软也不硬，好吃。

两三兜炖好的牛肉或猪肉或鱼块，以前是把炖好的肉用小盆装好带回，发现一盆肉不能一次吃完。妈妈就把炖好的肉，分别装入小饭碗中，放入冰箱，稍微冻成型后再拿出，去掉碗，把已成碗型的炖肉分装入食品袋，放入冰箱备着。嘱咐道，吃的时候拿出一个放在碗中蒸一下即可。

四五大袋已经包好的冻饺子，有大有小，大的是蒸饺，小的是煮饺。每个袋子里面放一张纸条，写着，三鲜馅、猪肉白菜或羊肉大葱等。叮嘱道，回家后马上放入冰箱，没时间做饭时就煮点儿吃。

还有自制的红果干（酱），用醋泡制的花生米，腊八蒜等等，只要是我爱吃的东西，通通根据材料的不同，做成易吃易带的食品。

我常说，妈，您眼睛不好，就不要做了，歇歇吧。她却常说，闲着没事，只有鼓捣点儿饭的嗜好了，你们忙，没时间做饭，没饭时拿出来就可以吃。

妈妈的爱远远超过了女儿的胃口，女儿的胃口再大，仍不能全部把妈妈包的饺子，很快地吞入肚里。饺子里包裹的爱已经溢满冰箱，溢满心头。有时，饺子搁置时间久还未吃完，会心痛地扔掉一些。

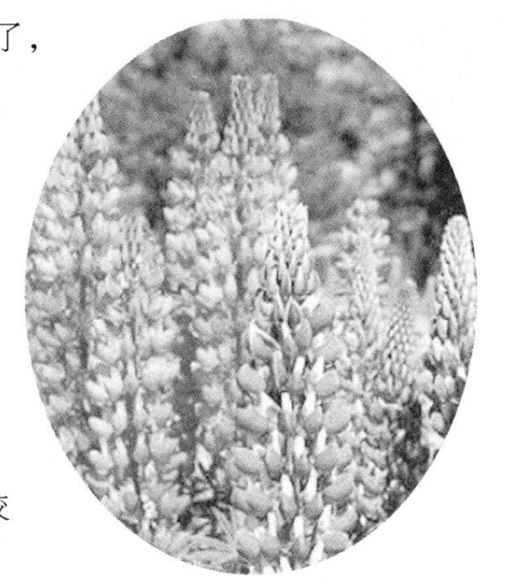

图 11　鲁冰花

朋友或同事有时会讲，冻饺子怎么也不如刚包完的饺子好吃。但我知道，女儿不在眼前，妈妈是把自己的爱冷藏打包起来让女儿拎回家，让女儿在家里慢慢融化地享受。

打电话时，妈妈总是满怀期望地问，饺子还有没有？味道怎样？我总是说，剩的不多了，很好吃，或是全吃完了，其实冰箱里还有很多。我不想把妈妈对女儿爱的表达方式，生生抹杀了。

你可以轻视自己的情感却不能无视母亲的爱。母亲或许只是儿女生命的一部分，而不管儿女成功与否，健康与否，甚至活着与否，都永远是母亲生命的全部。

天上的星星不说话地上的娃娃想妈妈，天上的眼睛眨呀眨妈妈的心啊鲁冰花。

/装在信封里的笑脸/

慧是我中学时的同学，她天资聪慧，长相秀美。师范学校毕业后，在一所小学当了一名老师。那天我们得一半日之闲，相聚在瓦屋纸窗下喝着茶，阳光洒在素雅的陶瓷茶器上，温暖与明媚。茶香从兰花指间飘起，清泉绿茶暖入心田，稀释着岁月的尘埃。两人边饮边聊，慧缓缓地给我讲起了她们班发生过的一件事情。

慧的校园临海，站在教室的窗户边，就可以看见大海。夜里入梦，枕边隐约能够感受到海的呼吸。暑假后第一天上课，慧老师让同学们讲述自己的节假日生活。坐在余初前的赵菲讲的是和父母一起去植物园游玩的趣闻，而且父母作为奖励，给她买了一个MP4。并激动地拿出她的那个MP4向同学们展示。那个精巧的红色外壳，别致的显示屏是很绚的宝石蓝颜色，在一帮七八岁孩子的眼里，的确很值得炫耀。

课间休息时间，班里的同学们开始陆续离开教室。余初也起身准备出去时，眼角的余光无意扫向前排的位置，就在那一瞬，他居然看见那精美漂亮的MP4静静地躺在赵菲的课桌里一角，白色的耳机线露在外面耷拉下来，想必是赵菲忘记拿了。余初立即朝教室门的赵菲叫了一声。但是，只顾着跟同学嬉闹的赵菲没听见。余初又张开嘴，刚要再叫一声，一个念头忽然从脑中一晃而过，然后挥之不去，MP4哪！家境贫寒的余初做梦都想拥有一个如这款很绚的MP4，放学的路上，耳迈塞在耳朵里，晃晃悠悠地陶醉在周杰伦的歌声里，多酷呀！

一切很快过去了，没有人注意到教室角落里发生的事情。可一走出教室，余初就后悔了，内心进行着激烈的思想斗争。原来做了愧对良心的事情，个中滋味的确是不好受。左思右想，最后决定一会儿找个机会，神不知鬼不觉地把东西还回去。

然而，事情却发生了意想不到的变化，赵菲发现自己的MP4丢了，报告了慧老师。全班的学生被叫进教室。这下余初慌了，可他又不敢承认，害怕一旦自己站出来，同学们会把他看成一个小偷。

临近中午的太阳没有四射的光芒，只是像一个烧得通红的火球，在云朵间游移躲藏着。

慧老师走进教室，站在前面，用眼睛扫视了一下所有的学生。有一瞬间，她的目光跟余初对个正着，那种凝视并不威严，然后又看向别处。孩子们都好奇地望着她，只有余初吓得心里乱跳，手掌出汗，生怕老师一个箭步冲过来，像猫抓老鼠似的把他这个“硕鼠”给楸出来。

慧老师讲话了，“同学们，上午马上就要放学了，我希望同学们在午餐期间，好好想一想，下午我们继续这个问题”。

下午最后一节自习课，听见门咿咿呀呀转动的声音，同学们睁大眼睛，看见慧老师手里握着厚厚的一摞信封，白净的信封一角，印有几朵淡蓝色的小花。还抱着一只小长方形藤编的箱子进了教室，箱子被安置在门后边的一个凳子上。箱内铺了一层厚厚碎纸屑，箱上面的有一入口刚好能投入装入东西的信封，但看不见箱内的一切。

她微笑着说：“我这里有一叠信封，每个信封里都有一个笑脸，一模一样的笑脸。”说完，她还拿出了一个笑脸示意。那是从电脑里下载，用彩色纸打印出来一个圆圆的笑脸，眼睛弯弯如月，嘴角可爱地上翘着，笑脸泛着金色的光芒。

慧老师说：“赵菲的MP4找不到了，我相信我班的每个同学都不是小偷。有的只是一位犯了错误的孩子，只是这个孩子目前还没有足够的勇气承认错误。怎么办呢？我有一个办法，你们把书包带好，每人从我这里拿

一个装着笑脸的信封，到门后箱子旁，把笑脸拿出来，把信封折好后放入箱中。然后就可以直接走出教室，放学回家。犯错误的同学把MP4放在信封里折好，也放进箱中，等到你承认错误那天亲自把笑脸还给我。”

就这样，同学们陆续从她那里取到信封，然后走进门后，把信封中的笑脸取出，把信封折好放进箱里，一个同学走出教室后，另一个同学再进去。向箱里投递的动作，只有自己能看见。

慧老师把箱子搬回办公室，果然有一个信封里装了一只MP4，她满意地笑了。这件事情就此了结，而且同学们也渐渐遗忘了。MP4是件小事，重要的是那个犯错的学生用特别的方式承认了。

几天之后，慧老师收到了一封没有出处的信，慢慢展开，信内露出一个黄灿灿的笑脸，笑脸的背面空白处写有一行笔迹：“我知道犯了大错儿，是我拿走了MP4，谢谢慧老师，长大后我也要当一名老师。”

微风拂面，轻语细言，说也奇怪，我听完了这一件奇妙无比故事后，原本被生活揉得皱皱的那一颗心，却被这一只无形的手抚得平平顺顺的，有一种想拥抱慧的感觉。

/ 东方红的方 /

东方红的方，是人名，我的一位很要好的朋友，因她家兄妹名字排序为东方红而得名方。

方的身份证上是带有草字头的芳字。据说，属鼠的人，名字带草字会命好，所以，她身份证里就有草字了。

可是我还是很喜欢方这个名字，因为这个字很像她。

大方之家安在她头上一点儿也不为过，待人接物举止落落大方，对朋友是有求必应。很喜欢她时而发过来的短信，“某某日去某地玩，有时间吗？”

工作之余，我们一行七八人天马行空地自驾游，远走千里之外饱览了人间美景，近去京郊农家吸着山里清鲜的空气。这让我联想起一句不要谜底的描述：“兄弟七八个，围着柱子坐，大家一分手，衣服就扯破。”

我们一起聚会或旅游，都是通过她来组织或联系，一切费用理所当然地由她先垫付上，然后，我们再补给她。她犹如一根汉白玉柱子撑起的一座温馨的亭阁，把职位不同，性格各异，志趣相同的几位“俊男靓女”有机地结合在一起，相聚在亭下，在一起眉飞色舞地谈古论今。

闲暇之刻，大家有说有笑，一起远游草原，在星光璀璨中，燃篝火；一起逛农家小院，听着月下箫声，睡火炕；一起唱卡拉 OK，在藤缠瓜垂的影子里，甩扑克；一起登长城，在细雨蒙蒙的小路间，探敌楼；一起爬野山，在鸟语花香中，采山菜；一起赏桃花，在花海云雾中，漫穿梭。近

几年来，厚厚的旅游照片，已堆满了整个抽屉，占满了电脑空间，也溢满了整颗心。

跑题了，扯远了，回过头来再说方的巾帼风姿多才多艺，她的文章犹如潺潺溪水，绘画技能也独霸一方，是秀外慧中有名的才女。有一次，上级领导布置下来的讲话发言稿，她不废寝不忘食一晚上一蹴而成；她主办的"职工之友"，整本刊物犹如书、画、文、印的交响乐，随着时代的脉搏，张合有序，跌宕起伏，颇具韵律。单位的文体活动举办得如火如荼，丰富多彩的演出，在区里也是享有盛名。

方的长相方正，兰质蕙心。出外旅游或开会回来，一条丝巾、一袋食品，一个摆件作为礼物，送到我的手中，顿感全身席卷起春天般的温暖。一起围在桌旁聚餐，相互敬酒时，我总是先敬别人，一圈下来，最后一位才是方，从没见她脸色不悦和心里不平衡。我并不是心中无她，而是视如自家人，无须太客套。

虽为女子，办事却像一位大丈夫，工作起来雷厉风行，措置有方。聚会跳舞的场合，她的男步也跳得巾帼不让须眉，带女伴满池飞转，令男儿折腰，使须眉汗颜。最为可贵的是坚持不懈地锻炼身体，早晨单位院内，网球在空中飞舞。中午饭毕，在一片欢声笑语中，毽子上下翻飞。

以上只是我从所记忆的方方正正背囊中，随便拿取方的全部故事中的一些凤毛麟角的片段。正因为方有如此方正的性格，所以工作起来，一呼百应，她的事业也就如日方中，像太阳一样升起来了。

/ 墨玉手镯 /

前些日子，老公踏着暮色出差归来，喜形于色地从包里掏出一只红色盒子，诡异地放在我的手中。疑惑地打开包装盒，呈现在眼前的是一只通体黑色镯子，这是老公从外地买回的一只墨玉手镯。

拿起手镯仔细端详，外观偶有几处微小灰色斑云，盘龙盈凤般地浮在黑色的幕布上。色泽油性而温润，手感细腻而光滑。举起对着光处细瞧，内部并不是纯黑，墨绿底色上有黑色斑块相间，犹如天空上的乌云密布压顶而来，又有月光照射在茂密树林，投在地面上的色斑斓，影零乱的感觉。

玉镯不大不小，不粗不细，不宽不窄，其内侧呈扁圆形状，只有在抹上肥皂泡润滑的基础上，手才能凉凉爽爽地穿脱而过。

我虽然喜欢首饰，但却是位玉盲，上网查查增加点玉的知识。感觉中的这只手镯应该是黑碧玉，此种玉的特殊在于在灯光下或日光下，呈黑、碧相间的色泽，非常漂亮。以颜色的多寡而称呼，因底色是碧玉色，倘若碧色多于黑色，就称碧绿玉，假如黑色成分多，就称黑碧玉。

千里有缘玉来伴，有心老公一线牵。相隔千里的一只墨玉手镯，能舒适、安逸、温润地戴在我光洁细腻的玉膊上，老公的功绩自然是功不可没。舒心的丝丝凉意渗入肌肤，习习拂面的是隐约升腾的柔和的灵气，被爱心笼罩着的我顿时变得别有一番风味。

手镯是有价的，无价的情意蕴含其中，使自信满满的我穿上白色衬

衣与这款墨玉手镯搭配在一起，镜中之人，相得益彰地竟是那样和谐与别致。内心不免又多了几许温润的兴奋与感激，生活也多了一份精致的飘摇与美妙，浅浅的满足与淡淡的微笑在脸上荡漾。

想说，有玉相伴的感觉很美，有老公惦记的感觉更美。随着时光的流逝，举手投目之中，这只墨玉手镯将会成为无瑕而温馨的回忆。

/ 老爸的第一部手机 /

老爸七十多岁了，近一米八的个头，耳不聋，眼不花，身体很好。和别家老头相比没什么特别。有两大爱好，一是能吃肉，伴着小酒的啧咂声享受着美食，但始终坚守着酒肉穿肠过、赘肉肚不留的潜规则，愣是吃什么就是不长肉。二是根据现代人的健康标准，有个貌似很不好的习惯，嗜烟如命，常常躲在自己的小北屋里，无论冬夏也敞着窗户，冒着烟。有时在夜半三更，边看电视，边烟雾缭绕。

前年的老爸生日，作为女儿，准备给他买一部手机当作生日礼物。当时买手机的情景至今还历历在目，手机城离父母家很近，步行去也就5—10分钟的行程。那天带老爸去，他很不情愿，认为人老了，花钱买手机是浪费。我看好一款手机，摩托罗拉品牌的，式样新颖，透明翻盖，功能齐全，可以手写短信（因为老爸不会拼音），标价二千多元。对比后决定买下，老爸赶紧唠叨不要，连拉带拽说太贵，他劝说无效后，自己躲得远远地瞄着。我决心已下，三下五除二，掏出自己的身份证和一叠大票，就慷慨解囊地买了。他老远看到手机已经生米做成熟饭，没辙了，就凑了过来，饶有兴趣地听着售机小姐的讲解，咨询不懂的功能，像捧着炸弹似地小心翼翼地把手机带回了家。

从此以后，我的手机偶尔就有电话铃声，一接断线了，一看来电号码，是老爸的，打过去一问，他老人家说没给我打，只是正在摆弄手机玩呢。有一次我接听了，那边是电视里的歌声，和父母说话的声音，就是不

和我通话。还有一次驾车从北京回父母家，我发短信给他，“我们已经下高速了，一会儿就到家”，短信未回复，我的手机一直静悄悄地，到家后一问，老爸说，“没收到呀”。一看有一则未读短信。哎，老爸呀老爸，咱再有钱也不能这样打电话浪费呀。

老爸经过N多日和N多次与手机坚韧不拔的磨合，在手机使用上终于能轻车熟路了。社区活动参加的快板文艺演出，用手机全部录音，待我们再回家时，逐个跟我们显摆自己的文艺才能。接过老爸的手机，手机屏幕上是老爸的自拍的大头照，美滋滋放在首页当屏保。短信设置成声音的，一来短信就有一位悦耳动听女声，像机器人似地，一顿一挫一板一眼地，不加任何修饰地把短信广而告之。有时，我们回家相聚，正和母亲聊着兴趣正浓，老爸的手机会突然奏出大分贝的音乐歌曲，铺天盖地地压过我们聊天声，我们的眼光一起不满地扫过去，老爸却浑然不觉地问，歌声好听吧?！

就是这款已经和老爸熟络的第一部手机，就是这款使老爸童心未泯的第一部手机，就是这款使老爸爱不释手而精神有所寄托的第一部手机，在2009年过春节，回农村老家拜年时，不慎掉进了农家院的厕所里。打捞上来的手机，经过老爸的N多次诊治修理，最终无力回天，完成了它的使命。

在外地，我打电话安慰老爸，让他再买一个同款式的手机，钱我付，或我有一只闲置的新手机，待我再回去时给他带过去，妹妹也给他2000元让他买。但前几个月前，老妈来电话告知，你爸等不及你的闲置手机，每天去手机城溜达，买原款式样的又嫌贵，就买了一款功能齐全但不算太贵五百多元的手机，很有分量，样式像个砖头，屏幕比较不清晰（与第一部手机比较）。

现在，老爸是新机新手上机，又处在不断的磨合中。

/父母亲爱心　柔善碧月星/

长夜空虚使我怀旧事，明月朗相对念母亲。父母亲爱心，柔善像碧月，怀念怎不悲莫禁……这是音乐才子陈百强“念亲恩”的歌声。

五一劳动节，我送给父母亲一个劳动。

家里进行局部装修半月余，我需要他们帮忙相助，他们来了，顺便带来了我爱吃的食物和打扫房间用的叠叠毛巾团团丝刷。

每天暴土狼烟上下迎面缭绕，电锯吱咂声声入耳不息鸣叫，木屑纷纷飞飞空间漫舞。他们为我留守照看着一切，他们为我操劳盥洗着一切，他们在硝烟中为我不断擦拭家里的一个个角落，他们在嘈杂中不懈地归置家中每一件件物什，他们在混乱中做好一顿顿热饭菜肴并在我们下班归来之前放置饭桌上。

每天不能安心睡眠安歇脸上却没有一丝丝愁眉，被凌乱搅动心神不宁却没有一句怨言忧声。每一次下班归来，看到的是妈妈站在厨房忙碌，爸爸蹲在屋角抠铲着一切。这段时间，我为自己的家劳累而感到浑身疼痛，不断地心烦意乱地叫屈喋喋。但同样为我们尽心操劳的父母，却听不见一句累了乏了痛了的话语，他们可是年过古稀，应该安享天年的老人哦。

劳动节，国际的，我的，也是父母的。在叮咚叽喳乒乓嘈杂声中，家装在节日喧嚣热闹中完毕了，父母陆续开始替我收拾、归置和打扫一切。窗明几净又开始闪着熠熠快乐的阳光，地面清洁泛着柔和幸福的光泽，横躺竖卧凌乱的杂物也“安居乐业”了，书报“精神抖擞”地排排列队在书

图12　蓝色妖姬

橱中，整修过程中，飘落在家什上的灰尘顽渍时隐时现逐渐消失殆尽了，一切一切按照主人的心思如愿以偿。

扪心自问，父母为我这么尽心尽力，如果是我，我能为他们也这样任劳任怨吗？在做不到的时候，我常常找出一个道貌岸然的借口，爱是向下流淌的。

母亲节，他们送给我远去回归的背影。

母亲节前夕，一切一切都收拾停当了，还未来得及带他们去哪里消遣，他们昨天却被妹妹妹夫用车接回家了，一起带走的还有我家中的瘪枕、陈粮、弃物。我是诚心挽留他们，多住些日子，好好安歇一阵的。

我在班上，心怀忐忑地往家里打一个电话，没人接了，得知他们正在回返的路上。

五一国际劳动节，举国放假休闲中，我没有带他们去早已春暖花开的地方观赏游玩，没有去深山古寺林泉风月中消遣。母亲节到了，在这对母亲表达敬意的时刻，还未来得及买一束温馨的康乃馨作为回馈，母亲却走远离开了，一切又回归寂静。

他们急于回归原因很简单，你这里一切一切照旧，恢复正常了，可以舒适地生活，我们在这里帮不上什么忙，就不给你们添麻烦，回去了你们就可以安心工作生活了。

晚上下班，独自返家的路上，仰望寂寥而深邃的天空，心中却不免有些空慌寂凉，鼻头微微沁酸。万家灯火闪烁着我泪花流离，家中整洁空寂不见了父母身影，那种浓浓家味温暖舒适感，那种布衣暖、菜根香、温馨滋味也一并被父母带走了许些。犹太人有一句谚语，“母亲给孩儿东西的时候，孩儿笑了；孩儿给母亲东西的时候，母亲哭了”。也许母亲不需要孩子看到自己哭，所以，不接受孩儿的任何回馈就离开了。

长夜空虚枕冷夜半泣，遥路远碧海示我心。父母亲爱心，柔善像碧月，常在心里问何日报。亲恩应该报，应该惜取孝道，唯独我离别，无法慰亲旁，轻弹曲韵梦中送。

长夜漫漫，岁月悠悠。渐渐地，日子一天天过去了，渐渐地，人们一岁岁变老了。故去的陈百强“念亲恩”歌声依旧。

/ 黑威威的嗫嚅 /

我是一辆彩晶黑色的私家车，我的英文名字叫CRV，中文名字叫思威，昵称黑威威。我，高高的，靓靓的，威武不足文雅有加。主人早在两年前就十分钟情于我，所以，到明天我被购来就满月了，与她——我的漂亮的女主人也结交了深厚的感情。

大热天，外面燥热难耐，我殷勤地为她吹来徐徐凉风，仿佛置身于悠悠然微风送爽的大自然之中；无聊时，我忠诚地载着她穿梭于城市与乡村之间，把无名惆怅远远抛在身后；上班时，我尽心地送上一曲曲悠扬的音乐，让清晨的一抹朝阳爬上她的脸颊；渐渐，主人心情就会眉清目朗，脸上泛着淡淡的微笑，悠然自得与我行使在浅雨清风中，时而，我的心扉似蹁跹的蝴蝶飘飘然哼唱着欢快交响曲，觉得日子就像小沈阳所唱的，“我美了美了美了，我醉了醉了醉了，谢谢你这一辈子能把我作陪”。

每天迎来送往相伴风雨同行，主人对我倍加爱惜，怕我晒着，就把我安置在茂密的树叶下，一天下来，树婆婆嫉妒地洒下树胶以泄私愤，常使我的身体穿上迷彩服。无奈又沐浴在阳光下，太阳公公就眼红心热地给我一顿暴晒，真够受的，我好歹也是一位白领阶层的物什吧。我的饭量是均8.8升/百公里，但在拥堵的城市路上，处处设卡竖灯拦截，为了迎合灯光星罗棋布地不断向我眨眼，主人就频繁地启动、刹车。虽然有意轻踩刹车慢点加油，但还是无辜地害我吃了许多油水，红绿灯与拥堵还有燥热的天气无形中增加了我许多成本，唉，环保低碳的模范，真的是不好当啊。

关于主人，别看她驾龄有近十年，那是手动挡的车，针对自动挡的我，她还是“状态”迭出，被我抓了个正着，如果我今天不说，我会委屈郁闷一辈子的。

那天清晨，披着霞光上班，在单位停车入位后，熄火欲抽钥匙走人，出于安全考虑，我就是不让她把钥匙抽出来，她踌躇一下，又去尝试打火，也打不着。她疑惑了，东瞧西看，又翻出说明书，操作多次，就是不行，她脸上冒汗了，急得脸儿红彤彤的，以为她的黑威威出问题了。平时很温顺的我，为什么就这么倔呢，可是事情总会有缘由的，黑威威我不会讲话呀，不能把事情的原委告诉她。这时她的同事香驾车到了，主人忙问为何，她讲，“是否你没有入停车位P挡呀”。主人一看我的挡位，还真是正在倒挡位置上呢。她马上改过，我也就欢喜地放过她了，要知道，如果我让了她，会害了我们的。试想，打火后就移动，多危险哦。

那天夜晚，天黑黑后下班，主人上来打开我的灯光，打着火后，嘿嘿，我就是不让她挂挡，这么低级的错误都不知道，我很生气，就是不理她，任她上下倒腾，又看到她一脸汗水，她没辙，去单位的司机班门口敲门，也许值班人员出车，没人应。无奈折回，打电话给她老公，“为什么我打不着火了，急死了”，只听她老公笑着在电话里讲，“你挂挡前踩刹车了吗”。噢，没有。是呀，没有踩刹车就想启动挂挡，万一向前冲，就危险了。

那天下午，飘着淅沥沥的小雨，主人把我入位放好，想锁好我，我就是不让她锁，还好她按遥控器后见我没有反应，就拉拉门，见没有锁上，就又试，屡试不爽后，只能拿钥匙手动把我锁上，边操作边嘀咕，这么新的钥匙没电了？沾水了？换换家里的另一把再试试。

第二天，下楼，用另一把钥匙还是没能锁上，又冒汗了，找出说明书有针对性地翻找，没有对症下药的秘方。无奈，打电话给售车人员咨询，售车小伙热情似火，讲，这种情况有三种结症：一是车灯没有关，看看灯已经关了；二是挡没有入到P位，瞧瞧已经入位了；三是五门要关严，重

图 13　CRV 车

新把四个车门关一下，还是不行。疑惑间走到后面，后备厢的门虚掩着呢，真是傻，这不是明摆着找偷吗，这样的麻痹大意者，我能让她锁车走人吗，这不是自欺欺人吗，她乖乖扣好门后，我就痛快地放行了。

虽然主人对我备爱有加，但一出现这么低级的错误，就暗自揣测我是否有品质问题，使我有点儿委屈。通过这一系列我铁面无私忠于职守的动作，最后，她还是从内心由衷地夸奖我，真是人性化恪尽职守的黑威威呀。她边轻拍我边叹道，我俩日夜一路同行，有你的性能保障，我们一定会一路顺安的。

/ 樱桃红了 /

樱桃桑椹与菖蒲，更买雄黄酒一壶。
门外高悬黄纸帖，却疑账主怕灵符。

端午节快到了，这是清朝代李静山的《端阳》诗，小小樱桃一点红傲据诗头。

四月樱桃果味鲜，瑶池宴品落人间。在四、五月时令水果中，我十分喜欢樱桃，玲珑剔透形娇，圆如珊瑚，色泽鲜艳如璎珠，含英咀华味美，甘溅齿颊，堪称早春第一果的美誉。

白居易在《樱桃歌》中赞道："莹惑晶华赤，醍醐气味真，如珠未穿孔，似火不烧人，琼液酸甜足，近丸大小匀……"

明代李时珍说："樱桃味甘、性热、无毒、食之可以调中益脾，有美容效果；樱桃树不甚高，春初开白花，繁英如雪。三月熟时须守护，否则鸟食无遗也。"人鸟同嗜此物，可想其美味诚非虚言。

满市粲朝晖的樱桃，以她那一抹勾人魂魄的艳红，跳跃于古代文人墨客诗歌中。

有，苏轼的"独绕樱桃树，酒醒喉肺干。莫除枝上露，从向口中传"的醒酒润肺之能；杜牧的"流年如可驻，何必九华丹"的美容驻颜之效。

有，白居易的"相思莫忘樱桃会，一放狂歌一破颜"；李白的"别来几春未还家，玉窗五见樱桃花"；冯延已的"惆怅墙东，一树樱桃带雨红"

和蒋捷的“流光容易把人抛，红了樱桃，绿了芭蕉”的惆怅和李煜的“樱桃落尽春归去，蝶翻轻粉双飞”的伤逝。

又有，纳兰性德的“花骨冷宜香，小立樱桃下”愉悦的幻想，虑出泪来；史思明的“樱桃子，半赤半已黄。一半与怀王，一半与周至”，两人分吃一个樱桃，可见樱桃有多珍贵了。

古书有“北方有佳人，遗世而独立，一顾倾人城，再顾倾人国，樱桃樊素口，杨柳小蛮腰”来描写美女的倾城。

樱桃花开，灿若云霞。古诗里形容它“开花占得春光早，雪缀云装万萼轻。凝艳拆时初照日，落英频处乍闻莺”。

我爱吃樱桃，起初是山东一位朋友所送的樱桃。那位朋友长相秀气，儒雅低调为人谦逊，颀长的身躯透露出知性睿智，是一位面带微笑见人点头屈躬的朋友，每年樱桃红了的时候，他就会从山东用飞机空运樱桃到北京，分给他的朋友们。每当吃到他送过来的樱桃，心里就念他的好，真是常思挚友常念恩之人。不知是因为喜欢这个人，还有喜欢他所送的甜润的樱桃，总之，从那时起，喜吃樱桃到别无它果的地步。

看到杜甫的“西蜀樱桃也自红，野人相赠满筠笼。数回细泻愁仍破，万颗匀圆讶许同”触诗生情，想起一件趣事。

前几日，朋友茹从山东威海带来她亲自采摘的樱桃两盒，准备一份给莹，一份给我。

周五下午，浅阳风轻樱桃红。茹回京到家，首先和莹联系，莹正在开会，就又打电话与我联系，我正在上班不能过去取。虽然同在一个城市，但若从东面到茹的单位西面，自驾车至少也得 1 小时左右，还不包括堵车时间。

周六清晨，云淡风轻芭蕉绿。我要去京郊出游两天，莹就盛情难却地独自开车去取樱桃，顺便买了两个大西瓜礼尚往来相送。

相逢后到茹的单位办公室，莹把西瓜递了过去，樱桃在茹的车上，暂时未拿下来。由于多日未见，俩人就天南海北亲热地聊了起来，不知不觉一个小时过去，莹觉得该回去了，就告别茹开车驶上回返的环路，约走了三公里路，突然觉得不对，樱桃未带回，暗自窥笑，这一趟去的目的是什么呢？！

图 14　樱桃

莹马上给茹打电话，但茹不知何故未接，莹就给茹的丈夫打电话，告之让茹回电，时间一分一秒的消失，却迟迟未见茹的回声，就这样莹开车跑在回返的路上，临进家门时，茹来了电话，问有什么事情。莹答道，樱桃未带回。茹此时也恍然大悟，原来俩人只顾聊天，却忘了取樱桃之事。

莹当时觉得自己可笑，就打电话告之我一切，我当时正在京西响马河乘舟划竹筏，夏日的空气温和，晴朗清浅，阳光暖融融的，空气里都是闪耀的金色光斑。听着莹的朗笑我也是花枝乱颤，搅得河流也不得安宁涟漪四散。莹的任务是去取樱桃，结果樱桃未取来，搭上两个大西瓜。

不得已周日，茹又开车把樱桃送到莹的单位传达室，夏日午后黏稠的空气，温热暖昧。待我从郊外回去取时，满满一盒红灿灿的樱桃，被温暖的大气捂得红得发紫甜透，如果不赶紧入口，恐怕难入口。

遇到这段插曲，突然想起一首脍炙人口的老歌：

樱桃好吃树难栽，不下苦功花不开。幸福不会从天降，社会主义等不来。

/ 就这样被你担心 /

时间无限缓慢，又无限迅疾。年终了，窗外正在北风萧萧，但还未见雪花飘飘。缄默了几天还是缄默，也许脑袋要冬眠，就把以前的一件事写出，否则，就隐匿于江湖了。

飞机正在滑行，将要起飞。

叮一声响，老公来了一条短信："上飞机了吗？一路平安！"

"已登机，7：45 飞，谢谢送我，放钱物抽屉的钥匙放在我梳妆台上的盒内……"全部交代后就没有什么遗憾了。

一按发送键，关闭了手机。

事后，老公讲，"你的那条短信，让我好担心，我每天都在祈祷你平安"。

我听后，眼角潮润。

是呀，出远门，特别是出国门，往往伴有许多不确定的因素，如飞行的安全、路途的安危、乘船的风险等。

的确，在泰国普吉乘快艇，当时，快艇飞驰，把海面拨开一条由白浪花组成的峡谷，船尾舷短短，望着高出船舷半米高深灰色翻滚的海水，头顶泼着雨水和海水，颠簸的快艇不停地把我们抛起落下，顺着惯性后甩，人们把着劲抓着船帮以防身体抛出船外。

到岸后导游讲，由于浪大，再晚一小时，我们就不能乘快艇回返了。随后我们皆心有余悸。

同伴讲，如果被抛入水中，我就见不到老公了。

对面的一对老夫妻讲，如果葬身于海中，我们的女儿成孤儿了。

奇怪的很，当时我很镇静，也想过是否被抛入大海，但想想身上穿着救生衣，又会游泳，不至于马上沉底，那就随波逐流呗。若真有了意外，面对海天一色无边无际的大海，形如蝼蚁的我，又能奈何，就只能听从上天的安排。

记得在杨闲博客中，有一篇讲她的婆婆在坐飞机遇险时，竟然闭目安睡，从容地只等结果。飞机安全着陆后，她讲，果真在天空中离世，不是离天堂更近了？

有一篇文章《闭上眼睛》，文中讲登山遇到雪崩时，7人只有约瑟1人活了下来。21年后，当谈到在冰峰上如何自救时，他说，“我要给你们一个忠告，当你攀上高山时，你们需要永远牢记常识，当一切无法抗拒时，就请闭上眼睛祈祷吧”。

出远门，对于留在家里的人来讲，好似过于担心远行的人，其实，危险时时处处围绕在我们周围，无论你在哪里。

相反，人在外地，对远隔千里的家人，就不应担心吗？

从普吉回家后，老公出差南方一星期，在第三天下午6点多，我驾车下班回家的路上，就被后面一辆车狠狠地撞了一下，劲太大，以至于我已停下来的车，又向前撞了前面的车，三车连撞。因为事发突然，吓得面如土色的我，面对前后皆损的新车，望着车水马龙般的车辆从事故现场一辆辆地挨过，当时的情景真的是无奈和无助。

回到家里，给外地老公打电话告知，他说，“不要着急，只要人没事就好”。

人生活在世上，不定因素太多，对于家人来讲，会担心出远门的人，预祝一路顺安。同理，对出外的人来讲，相隔千里的家，何尝不是就这样被你担心。

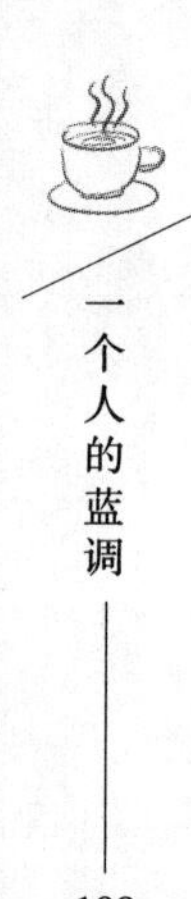

/绝对小超女/

她在长高，不停地长高，像一棵雨天里疯蹿的竹笋。

家有小女初长成，养在深闺人未识。妹妹家的小女按月为单位，已经是十七、八月大姑娘了。但还不擅长说话，只会简单的重叠词，如，妈妈、抱抱、吊吊（吊车）、猫猫、鸭鸭等来表达情感。俗语讲得好，贵人语话迟，君子衲于言。可她时有一些超乎常人的片段令人啼笑不止。

人之初、性本善——绝对真理

坐在妈妈腿上双双向前一起观看“世上只有妈妈好”视频，看到伤心处，泪水轻轻翻落，泪珠滴在妈妈的手上，妈妈感觉手很湿，一看才得知，她已泪流满面。事后，她爸爸不相信，又抱着她看了一次，斜倚怀中，倾听歌声，睨视屏面，看着没有妈妈的孩子像棵草时，果真又是清泪斑斑襟上垂了。

世上只有妈妈——绝对地好

在她的眼中，妈妈就是上帝，只听从妈妈的召唤。在她心中，妈妈就是太阳，只围着妈妈团团转。妈妈走到哪里，她就追随到哪里，哪怕是妈妈上厕所，也要紧紧相随，站在一旁闻着臭味，微笑地看着妈妈。甚至有时，妈妈在开车，她若发起泼来，不管危险，粘贴在妈妈的身上，妈妈无奈只好抱着她勇敢地开车。

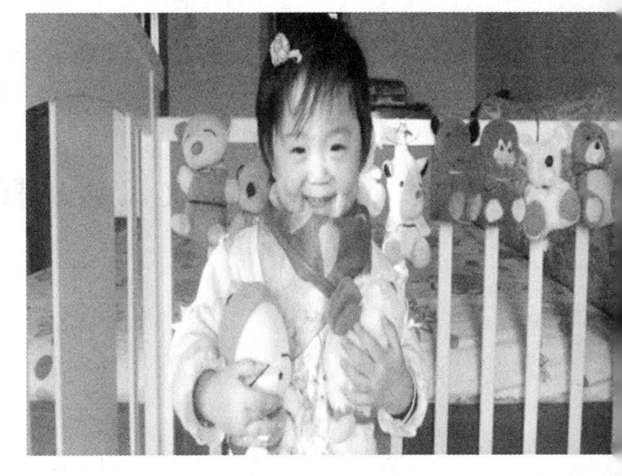

图 15　绝对小超女

冰炭不同器——绝对失效

妈妈训练她便便时蹲小盂儿，她内急时，只要身边有容器就是救世主，在姥姥家拽过脸盆坐脸盆。妈妈做饭时，放在厨房地面的小饭锅，她拉过来就坐上去，舒服地撒了一泡尿，然后，在妈妈的惊叫声中端起小锅，如企鹅般摇摇晃晃向卫生间里走去。也许她边走边嘟囔，不是我故意地，而是我不晓得容器的用途上下不能混淆。

电视广告——绝对精彩

在成人眼中，广告的最大贡献在于推翻了“吹牛不上税”的谬论。电视画面一播放广告，玩兴正浓的她就会立即露出醉人的笑容欣赏美丽广告带来的喜悦。大人烦透了的广告，在她眼中是如此美妙和陶醉迷人。

最后，听听《绝对小孩》吧。

绝对绝对绝对，我是绝对的小孩，我要吃饭吃到撑，快乐玩儿到老；
绝对绝对绝对，我是绝对的小孩，我要睡觉睡到昏，快乐玩儿到老。

/ 喜欢《套马杆》的小丫头 /

给我一片蓝天一轮初升的太阳，给我一片绿草绵延向远方，给我一只雄鹰一个威武的汉子，给我一个套马杆攥在他手上……

小丫头，现在22个月了，在爸爸所下载的150多首车载歌曲中，只钟情这首《套马杆》，而且要求循环往复地播放，百听不厌。说话还不利索的她，饶有兴趣动情地跟着哼唱着。我就纳闷了，不谙歌词的她为什么就这么喜欢这首歌，喜欢歌的旋律还是手持套马杆的汉子？爱屋及乌，她周围的人都开始喜欢听这首歌，并畅想着去一望无际的原野流浪了。

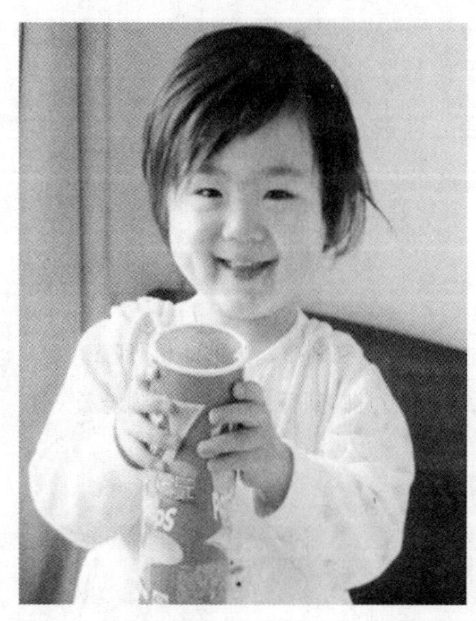

图16　喜欢《套马杆》的小丫头

五一节，到她家里做客，精神百倍的她深夜两点还瞪着圆圆的眼睛东瞧西看不睡觉。我偶然抱她到书房，她爸爸正在用笔记本电脑玩互动游戏，而且是进入了决赛，她立刻兴奋不已不管三七二十一，拽过鼠标乱点一通，让兴趣正浓的爸爸被踢出圈外，在爸爸苦笑着去洗手间间隙，她妈妈本想打开《两只老虎》的小儿视屏给她看，也许是网速慢的缘故，屡次打不开。这一回，她不干了，她才不管什么是网速呢，小手指着显示器非要调出视屏画面，她十分卖力地不掺假地哭，泪水似一粒粒珍珠不断滴落衣襟，而且把所吃进肚里的奶，分两批喷薄而出以示不满。

也许是困了要懒，也许是万般宠爱于一身的任性撒泼，总之深更半夜苦闹了半小时。我无奈去房间先躺在床上，她妈妈还在不急不恼地和她讲着她能听懂的道理。逐渐地哭声小了，却听见另一个房间里传来她妈妈的歌声，唱得就是这首《套马杆》，一句一句自然而然地清唱，不走调不停顿，优美旋律很有韵味。一直就这样唱着，唱着……小丫头终于平息了，安稳地睡着了。

听着听着，我眼睛湿润了，如果我是小丫头，我会接着她再号啕起来，不是为了撒泼而是感动。为了小丫头的幸福生活，为了小丫头妈妈的爱心之歌。突然觉得，这歌声可饮可衣又可眠。

/ 想想，我是对的 /

窗外是一个理想的天气，春日暖阳，微风徐徐，宜于泛想泛听，浅浅体味，思路漫漫而走。

想想，今天是你的生日，3月23日。据说不一定准确，因为当初申领身份证时，模糊对号定下的日子，但你却很喜欢，说3是你的吉祥号，是冥冥之中的缘分，而且念起来朗朗上口。

我问你需要什么礼物，你没有说出子丑寅卯，我脑中轰轰烈烈地过着千军万马，也不知要送你什么。人活着不仅需要温饱，还需要精神养分，我想你在物质上什么也不需要，间或只需一句温暖的问候和一抹欣赏的眼光。

想想，就写一段世俗的文字作为生日纪念吧，过些年后再看，走在路上也许会忽然发笑。

男怕干错行，女怕找错郎。想想，至今为止这辈子嫁给你没有错，结婚之初虽苦点儿累点儿，但现在生活还是蛮不错的。

有一首歌词中的几句是这样唱的，“好女人不好过，坏男人有错。好男人不好做，是不是整个社会的错”。生活中，我们也有磕磕绊绊，但你总是用那宽阔的胸怀来温暖我任性不知足的心。

想想，如果离开了你，我也能生活，因为这世界上离开谁，地球都照常转动。但心里肯定是虚虚的，没有了踏实安稳感。你在身边，或家里有你支撑，就犹如有了稳定的靠山，这人生的路上就没有什么可怕的。

常有人对我讲，嘿，你是有福之人，找了个好老公。我嗔笑道：“错了，是他有福，娶了一位有福的女人，他不是更有福吗？”

想想当下，“满足于现在，但不放弃努力”是我们在金钱物质社会中能拥有一份从容、平和的心态，去悉心捕捉从指尖流逝的日子里那每一段故事和心绪，享受和回味生命中一个个美好的瞬间，并不断继续触摸我们的梦想。

想想，我是对的，选择我所爱的，爱我所选择的。在合适的年龄合适的地方找到了合适的人，过着合适的生活。在生日之际，祝福你那可爱的前途一片光明。

多么绚烂之极，也要归于平淡。想想，将来，最大的愿望，和你相伴，春游芳草地，夏赏绿荷池，秋饮黄花酒，冬吟白雪诗。慢慢地在青山绿水之中移步换景，并排望着夜空看看这个落寞的人间。

然而，在看到大家一起和你吃长寿面时，想想，最后还是送你一句很啰唆的话，不要在驾车时不用耳机来接听电话！

/ 慈是无嗔 /

我家楼后有一停车场，每天车都排得满满堂堂的。多数情况下，我是倒车 200 余米，然后在岔口转个头，把车开走，不知不觉中自以为练就了一身倒车过硬的本领。

秋凉未甚寒的一天，去上班，因为什么事情心里憋着火，所以倒车的速度快了些。

突然，一位中年妇女从车后侧面猛跑过来，我自感不妙马上停车，想探个究竟。

“轧到狗了，一定把狗轧骨折了。”那位女士抱着一条白色京巴狗，从车后转到车侧面。

我一惊，忙放下车窗乱语道，“对不起，我没有看到，我的确没有看到”。

那位女士无辜地盯着我，怀里的狗朝我愤怒地狂吠着。

我惊魂未定地想听她下面该让我做些什么，或她对我说些什么，但她却一直呆呆地站着看着我。

在她的目光下，我犹豫着慢慢移动车，继续倒车一段距离，到路口转弯时稍停滞一下，她也没有追过来和我争执。

境对事件全体现，眼无拣择心难平。路上，心一直暗思揣测。

我把人家的狗轧了，到底怎样了？为什么我就不下车证实一下呢？

我把人家的狗轧了，那位女士为什么就任我开车走了呢？

我把人家的狗轧了，我一走了之，她记住了我的车号，不会毁我的车出气吧？

难道，她认为，在外面遛狗一定要用绳子牵着，所以理亏没有追究？

不对，养狗的人爱狗如子，待醒悟后，她一定再来找后账？到那时，我赔千八百的给狗看病，也是能承受的。

应该没有什么大问题吧，若狗骨折了，它的叫声应该是嚎叫而不是正常的狗叫。

就这样一直纠结不安中，决定下班后若遇到她，一定要给些钱补偿一下。

傍晚回家，把车入后院，有几个遛狗的，我故意到跟前晃了几晃，转了几转，居然没有看到她。我向来不记人，一两次见面多是大概轮廓，那时，我是多么想看到她呀，无论狗狗骨折与否给自己一个交代。也许她去给狗看病去了吧，我这样思忖着。

第二天早晨，走入后院，车好好的，还是没有见到她来找我。第三天，我出差了，想想还未了结的事情，怕节外生枝，就把车放在了单位。

这件事，就这么过去了，她和她的狗，我一直就没有看到，也许看到也不知道。只是看到似曾相识的她和狗，心里未免有些惭愧和心虚。

《佛地经》里有四无量心，“慈是无嗔，悲是不害，喜是庆悦，舍是平等”，善人有怒而无嗔。原来，无声的原谅，反使对方心里不安和无地自容。如果她的狗轧坏了，她的沉默不纠令我佩服和感激。我常常幻想，她的狗应该没什么问题，这样她的沉默会令我好受一些。

/孩童糗事一箩筐/

朦胧记忆中的小时候，在父母的爱心抚育下，是幸福无比的。我很容易健忘，常常忘记了那些应该记住的或不应该记住的事情，有些事情只记得模糊的大概况，微小的细节就不是很容易描述了，但在记忆深处，列出所做的糗事一箩筐中总能抓出二三件孩童时的糗事来，犹如在记忆的长河中拾起零星的几个彩色贝壳一样，拿在手中进行把玩几下，用心把它们串在一起，当作一条熠熠发光的项链，不时戴在胸前晃来荡去地显摆炫耀一下。

1. 不是每一位“解放军战士”都很勇敢

这位胆怯的“解放军”，年龄可能是刚有记忆的三、四岁娃娃。那个时代，无论大人还是小孩，着装全是天下一片黑灰的服装，乌快快地在地面上游动。一身军绿的服装绝对是当时的一个亮点，是很时髦的装束。那个年代，女孩没有漂亮的公主裙，小小的年龄认为穿上军装就是女兵了，就好看了，就勇敢无比了，所以缠着父母要穿这样的衣服。

妈妈给我套上小军装，戴上小军帽，挎上一支玩具枪，穿上小胶鞋，一位英姿飒爽小女兵就这样诞生了。一切整装完毕后，坐在爸爸的自行车前梁的木制小座上，心里美滋滋的，由爸爸骑自行车带我去热闹的市场玩去了。

一路风清，一路彩虹地来到市场，到一小商贩摊位前，好像是准备买些什么东西。所以，爸爸支上自行车后，并没有把我抱到地面上，就蹲在一旁和商贩说着什么。

哇，天呀，居然有这么恐惧的事情发生，我想，以后每一次恐惧之心的崛起都是那时成就的。独自坐在自行车上，从黄山那么高的车上往下瞧，安全的地面是那么遥远。孤身悬在峭壁上，脚下是荒漠深谷，我在上面随着头上的青天白云在旋转。没有人在左右护着我，恐惧这个影子慢慢地爬入了我的头中，越想越怕，越怕越看，越看越抖。

“解放军”的小脑袋里，想得不是穿上军装就勇敢无比了，而是爸爸蹲在地上的时间是那么长，比二万五千里长征还要长，长得不能忍受。害怕呀，真的很害怕，吓得不会说话和哭闹。后来，就不由自主地由哆嗦变成了抖动，而且动静越来越大，这一抖动不要紧，自行车也传染上了，跟着抖动。随着一声足以能引来众人眼球凄厉的惨叫，人随车一起瞬间倾斜倒塌，匍匐在地面上。

这位“解放军战士”很狼狈，军帽飞了，军鞋掉了，军衣脏了，小脸黑了，是否跌破什么地方，已跌得没记忆了。正准备运足力气哭第二嗓子时，就被爸爸的一双大手掐住腋下高高举了起来。

2. 机智勇敢的“越狱”者

“越狱”者，应该是四五岁的一名孩童。那时，家住的是平房，房前有一个很小的院子，院子前头有一个栅栏门。那天，爸爸上班去了，妈妈也要出去办事，就找把锁把我锁在院子里，不让我出去。

感觉我被锁在院内很长时间了，比长江还长，妈妈也没有回来。隔着栅栏门缝隙，望着外面的花花世界，实在挡不住诱惑，就爬上栅栏门，衣服勾破了，胳膊刮伤了，但终归还是翻过去，胜利潜逃了。逃出来的我犹如出笼的小鸟在外面疯跑、疯玩。后来，觉得妈妈回来，一准要挨骂，就想再跳进院内，但无论如何也不能跳进去。

妈妈回来后，看到院子锁头依旧，孩子没了踪影，各处瞧瞧没看见，又到远处街上去找，最后在何处找到我，已无“史料”考证了。妈妈看见我脸上、手上、身上都是土、灰。衣服撕破，就急了，对着我的手背狠狠地打了几下。看见我撇着嘴哭，又拿出菜刀吓我，我吓坏了，恐惧的影子又浮现在眼前，猛得撒开丫子就往外面跑，后来菜刀是如何追上我的就吓得没记忆了，只知道我哭得上气不接下气，妈妈抚摩着我红彤彤小手啪嗒啪嗒地掉泪。

3. 犯了不可饶恕错误的小学生

犯错误的小学生大概是六、七岁的年龄，上小学一、二年级，是个乖乖女，上学从来不迟到，除了上课举手发言有点恐惧读课文不流畅外，其他方面都比较符合好学生的标准。

一天早晨起晚了，声明一下，是爸爸妈妈起晚了，所以，我也就肯定跟着晚了。因为我家的闹钟，里面的大公鸡没有叫早。

家里有一个钟表，摆在桌面上，钟表内有一只大公鸡，红红的鸡冠子，黄澄澄的窄脸儿，白白的羽毛，特别漂亮，随着钟表秒针的走动，鸡头不停地啄米，钟表的上面有两个扭把，把闹针对准早晨该起的点钟，拧上其中一个扭把几圈，第二天早晨公鸡就叫了。

可能是爸妈忘记上闹钟，可能是阴雨天，总之，一切皆有可能，不然就不会起床晚了。睁开眼睛，一看上课的时间已经过了，恐惧的影子又爬上我的心头。妈妈急忙为我穿上衣服，没有洗脸和梳头，手上塞个馒头，就让爸爸用自行车送我到学校。

学校大门内院的正中处，有一比我高许多的大石碑，上面刻着红灿灿的“好好学习，天天向上”，碑石正好能挡住我上课的教室，爸爸把我放在学校门口，看着我进入校门后，就走了。我回头看看爸爸走了，好像把我的心也带走了，心空空的，寂寂的，比头顶上的天空还空。学校空荡荡的操场上一个人也没有，心里泛着栖栖惶惶的味道。站在教室外面的我听到老师正在讲课，听到学生们朗朗的读书声，心情糟透到了极点，感觉小小的自己完全被大大的学校遗弃了，伤心在空旷的校园内慢慢滋长着，不敢进入教室。

出了学校门口，独自往回走，不敢直接回家。就在路上磨磨蹭蹭。那时，我家住的是工房，四周被一片绿海一样的庄稼地围绕着。路两侧绿油油的玉米穗随风舞蹈着，我就站在旁边，一棵棵数着玉米，寻找着爬在玉米棒上的、黑黑亮亮甲壳虫。拿在手心玩一会儿，就再向前走。

刚下完雨后的天气，天空很蓝蓝，书包中的蜡笔盒中就有这种好看的蓝颜色。阳光闪着温柔的光辉亮亮的，对着它，我蹲在攀爬在地里的黄豆角秧，数着秧子上一簇簇黑黑的豆子虫。现在想来，那时农民很穷，没有钱买农药，所以，我所看到的除了绿油油的庄稼，还有庄稼上面那些可爱的害虫。禅师说：青青翠竹皆是法身，郁郁黄花无非般若。我就这样一步一晃的，娇小的孤单形影移动着，悄无声息得像只猫。

继续沿路往回走，一座小石桥，犹如老朋友似地卧在前面，挡住了我的去路。小石桥下面，平常是没有水的，如果下大雨或是农民伯伯们浇庄稼时就流淌着水。离我家很远的南边，有一个无底坑，由于没有底的缘故，所以常年有水，也会从那里传来有人游泳淹死的消息。水是从那里引出来，绕道从我家后面的小河沟中流过再奔到小石桥，从桥下穿过再淌向远方，农民就沿着水流动的周围浇灌着两边的庄稼地。

石桥是由三块很大的长方形石块架成，时常有拉庄稼的马车从石桥上面往返走过。我眼中石桥，其中一块已经从三分之一处折断，折头戳在石桥下面，形成一个免费的滑梯，这对小孩子来讲是再好不过的事情了，我们每天放学路过它，总是在桥面上停留一段时间在那里玩耍，从桥上快乐地滑到桥下面去，再从桥下爬到桥面上来，桥的四周长满了杂草和野花。

独自坐在石桥上，觉得肚子呱呱地叫，从包里拿出还未来得及吃的馒头，喝着秋风像马吃饲料似地慢慢地嚼着，拖延着时间。

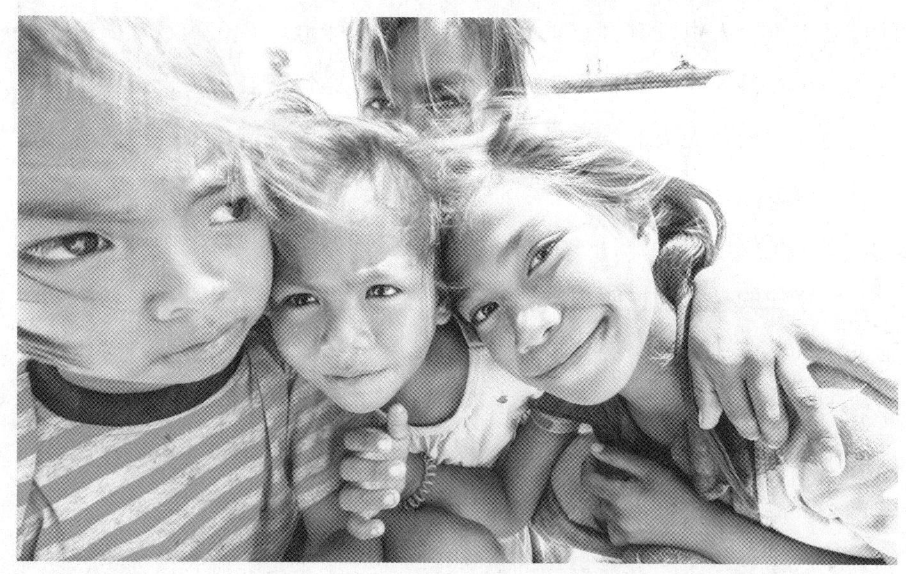

图 17　仙本那小姑娘

不久，望着不远处烟囱里飘出成群的蝴蝶，估计应该是下学的时间了，就起身朝家的方向走去。我的出现，妈妈惊诧不已，因为还不到十点钟。从此，由上课迟到这个小错误演变成逃学半天一个不可饶恕的大错误，这个错误，使我这个好学生的形象，在妈妈眼中也就不那么光辉灿烂了。

渐渐地，日子一天天过去。渐渐地，我一天天长大。曾记得有一句话，大意是，衣服已经远行，帽子也远去，雨伞躺在雨里，报纸已死在很久以前的新闻里。也许，只几件儿时的糗事，时时被当作趣事进入我的梦中，在梦的风雨中，父母渐远渐近地伴随在我的周围，时刻慰藉着已经不太容易恐惧的心。在这曾经的糗事中，常常有一些钻石般的镜头让我感动，成了我绝版的回忆。

第三篇 / 杂感

人生路上偶尔会遇到一块石头或一片草叶，
捡起来，放在玻璃瓶中，
夹在小说扉页。
历久弥新。

/ 阴天之乐 /

今天天气阴，很是喜欢。

推开窗户，一只鸽子扑拉拉从眼前飞过，它的同伴们在另一座楼顶沿角上正排排一溜儿站卧在那里，悠闲自在地望着我。放眼四望，天是那种明亮的阴，没有浓烈炙热的太阳烤晒，只有阴风潮湿的凉爽扑面而来，好似在原野上而不是在闹市区。

楼下茂密的树叶遮住街中的一切，只能听其声而不见其影，树上是叽叽喳喳叫着的小鸟。昨天夜里，这里下了一场阴雨，伴着隆隆的雷声，我想起了一首《求雨》："小小儿童哭哀哀，撒下秧苗不得栽。巴望老天下大雨，乌风暴雨一起来。"想着想着静静地入睡了……

清晨，这么好的空气，真是难得，我陆续打开几扇窗户，外面的清凉之风和小鸟的叫声鱼贯而入。

我身穿着满身印有"三毛"夸张图案的家居衣赏，三根毛在头顶上呲歪着，各有三根睫毛在大眼睛上扑闪着，大大的脑袋调皮地微笑着，小小的身子扭拔着，似船的两只大脚外八字撇着，突然想笑，这么可笑的衣裳居然穿在身上，正前面的大"三毛"已经被我在彼时吃西红柿时喷洒了他一脸，洗过后还是如胎记似地挂在他脸上，脸庞旁 happy 字样在星斑点点中时隐时现。

记得有一篇文"洗衣机隆隆搅动着的春秋"好似才刚刚写过，一晃半年多的时光又如流水般过去了。现在，洗衣机里又隆隆搅动着车上换下的

棉垫，分五次洗才能全部洗完，即费水又费事，为何不去干洗？！刚刚看过杂志上的一段话，也许印证了我的担心，“你在我吃的辣酱中加苏丹红，我在你家孩子喝的奶粉中加三聚氰胺，他又在大家都进的餐馆中使用地沟油”。学者称中国社会已形成了一个高效率的互相伤害体系，也许只有自己亲力亲为心里才踏实一点儿吧。

从楼下的树荫中，唤出收废品的上楼来，把家里的空瓶废纸壳卖掉，以便清空堵塞的空间，让凉气继续蔓延房间内的角角落落。他把空瓶数完合四元钱，并没有秤来称纸壳的重量，我暗自揣测，也许总共凑十元钱了事，他却说，总共给你二十元吧，大大超出了我的预算，皆大欢喜而终。

蒸了一屉蒸饺，看着一只只亭亭玉立的饺子，突然想起一段笑话：“煮饭时，一只螃蟹顶出锅盖，说：‘我太热了！’结果听到锅中有一只螃蟹回答说：‘想红？那就得忍着！’”

边笑边把一只只玉饺送入蒸锅中，由于天然气火很旺，害怕烧干锅而探视了它两次，最终在我写此文时，还是听到锅的干裂声，闻到焦煳味，马上熄火掀盖，哎，饺子何止是“红”呀！这是第N回烧干锅了，做了一辈子饭还是这副德行。

好了，下午还要去练歌——大合唱，我也要把呲歪着的头发洗洗，要梳理得像模像样地走出门去才算礼貌，每一天都出门，奇迹在四处等着你。

对了，下午合唱的歌名，其中一首是“保卫黄河”。

/蜣螂足球赛　苍蝇喇叭简/

在南非足球世界杯上，足球及球员暂且不提，首先有两大雷人之处，使世人瞩目，绝对唱响世界杯。

在开幕式上，雷人的蜣螂（屎壳郎）登上了大雅之堂。

当黑黝黝，酷森森，硕大的屎壳郎身躯缓缓推动着一个巨型足球“普天同庆”出现在视屏前时，我正手抓几绺山楂条往嘴里送，看着屎壳郎的爪子，再看看沾满糖渣的红色山楂条，除了颜色外，形状越看越像屎壳郎的爪子。

屎壳郎推的是足球而不是“粪球”，把世界暴热的两种语言足球和音乐之一的足球，比喻成粪球，堪称是人间趣事。

印象中，人们对蜣螂是有成见的，它永远与粪土为伍，它天生就是个没出息的屎壳郎，所以一直就对它冠以臭、脏和不雅等罪名。

针对屎壳郎有许多歇后语，多是与臭和黑有关。如，屎壳郎戴花臭你的美罢；屎壳郎打喷嚏满嘴喷粪；屎壳郎出国臭名远扬；屎壳郎上马路混充“小吉普”；屎壳郎趴煤堆不动显不出自己黑，等。

小时候，在荒郊野外、河边沙滩草丛中，经常会看到屎壳郎。只要有动物粪便的地方，就有它的身影，或正向前推粪球，或在粪堆下默默劳作，它的洞穴就安居在粪堆旁边和下面。我们一群疯跑的野孩子，用小铲子或用手扒，把它们挖出放入瓶子中，回家喂鸡。记得所居院落中有一家小孩，装了满满一兜烧烤屎壳郎，边吃边和我们一起跳皮筋，一蹦一跳地

颠出了满地外焦里嫩、香味扑鼻的屎壳郎，据说它有营养和药物功能。

屎壳郎和许多昆虫一样具有趋光性。夏秋日的夜晚，淡淡的月光浸染着，眨眼的星星闪耀着，居住地四周是黑黝黝的庄稼和树木，大院南北各有一支高高的电线杆泛着昏暗的光，成群的昆虫在灯光中嗡嗡地叫着飞着。大人在灯下乘凉聊天，孩子们在灯下玩耍或捕捉落在地上、墙上和杆上的各种昆虫，其中就有肥硕的屎壳郎，可谓是窗前明月光，满地屎壳郎。

李时珍对它的描述是“深目高鼻，状如羌胡，背负黑甲，状如武士，故有蜣螂、将军之称”，还说它“昼伏夜出，故又名夜游将军”。屎壳郎身材魁梧，着一身铮亮漆黑的甲衣，应该是可以迷倒虫子中的许多美女的，虽然和粪便打交道，但身上一点赃物也不沾，鞘翅缝隙里，触角鳃叶中，也绝不藏污纳垢，额前顶着一枚尖尖如钢针的犄角，酷酷的似威严的黑将军，精悍英武。

你不待见我，自有待见我之人，我黑我靓，我是圣甲虫；我酷我雷，我是地球的清道夫。你说我是“屎壳郎滚粪球愣当足球健将”那是过去，现在是狂蝶依旧，蜣螂无臭（读 XIU）的时代。

连凤姐似的人物都愿意出镜抢风头，屎壳郎一定打心眼里愿意出镜

图 18　蜣螂足球赛

图 19　苍蝇喇叭筒

的。何况它在埃及早已被神化，可以辟邪化魔，也能代表非洲。

嗡嗡嗡嗡嗡嗡……足球转眼球也转，耳边却似有一亿只三天没进食的苍蝇飞来飞去嗡嗡叫。起初，我以为是卫星转播出现噪音的状况，没想到是苍蝇喇叭人发神威。“呜呜祖拉”，南非当地球迷的助威工具，最初是驱赶狒狒所用，每支的长度都在一米以上。其噪音不仅使得电视机前的球迷痛苦不已，很多的球员也公开表现出自己的不满，认为这将影响球员集中精力比赛。

据报道， 个世界性的组织在调查中发现，“呜呜祖拉”的声音最高可达到 127 分贝，而超过 85 分贝就可以导致人类失聪。据网上载，“呜呜祖拉”损害听力，南非一企业接 7500 箱耳塞订单。报纸又载，网上热卖“呜呜祖拉”，部分国安球迷称将带进北京工体，反对者认为噪音太大。

黑黑的蜣螂亮相后，南非世界杯在如火如荼地进行中，“呜呜祖拉”嗡嗡的叫声也如苍蝇般每天不断响彻耳畔。蜣螂、苍蝇两者皆与粪便有关，两者又都与世界杯相关，多么不可思议的组合。我想，看完南非足球世界杯，还有什么臭名昭著的事情不可颠覆，还有什么震天的噪音不能忍受。看球不觉晓，清晨闻啼鸟。夜来嗡嗡声，失眠知多少。

/去了犀利哥来了章鱼哥/

犀利哥很酷，神志不清的叫花子却穿出了名牌效应，火了网络后，被送回了原籍，一代名乞渐渐地踪消影匿；章鱼哥很丑，八爪怪鱼却神奇地预测足球未来玄机，神了足坛，囧了众人，一代预言帝款款携足登场。异类物种的人鱼奇闻怪事，大大满足人们猎奇与求胜的欲望。

南非世界杯呜呜祖啦的号角已吹近尾声，“大力神杯”究竟花落谁家，希望寄托在万众瞩目的章鱼哥身上。

柔软丑陋一向低调的保罗，是一条“英裔德籍”的章鱼，它看不惯乌鸦嘴贝利，就把长长的触角伸向了足球，“料赛”如神的一招吸住了众人的眼球。出道两年的它在2008欧洲杯和2010世界杯两届大赛中，预测12次猜对11次、成功率飙升至92%，堪称世界杯最佳“预言章鱼帝”。

针对保罗的神奇，众说纷纭。说它的神经和判断功能非常发达，善于识别颜色，而西班牙国旗的红黄两色与章鱼爱吃的鱼虾颜色相近，所以它选择西班牙队也在情理之中，毕竟德国国旗还多出一道黑色；科学家解密章鱼预测原理，讲它是海中“爱因斯坦”。林林总总猜测的不亦乐乎，章鱼没疯我们先疯了。

章鱼哥没有穿一身黑色魔法长袍，八爪没有端着一颗魔幻的水晶球，只是辨认国旗就能预知一切，其神奇的预测功能很快就扬名海外了。它的预测结果是有人欢喜有人愁，因为足球赛的桂冠只有一个，其他包括亚军皆为输者。这样，输者及其球迷就会义愤填膺地叫嚣，有阿根廷人恼羞成怒扬言，欲将其痛打一顿后做成“海鲜汤”；德国当地一家报纸让章鱼“保罗”登上了头条，并为它起了个新名字——“卖国贼”；西班牙首相担心章鱼保罗安全，欲请贴身保镖护佑其安全。

图 20　章鱼哥

奥博豪森水族馆里人满为患，章鱼哥站在舆论漩涡的中心。胜者欢喜高呼章鱼万岁，输者郁闷欲把章鱼剁碎。有大快朵颐章鱼以泄私愤的，有养猫养狗又准备养章鱼做宠物的，也有翻书学艺探究如何烹调章鱼菜肴的，想必不久还会有注册章鱼商标大发章鱼财的。

章鱼哥的出名牵连了它的同族难测祸福，章鱼哥的闯祸已殃及鱿鱼命在旦夕，可谓一鱼成名株连九族，堪称是一将功成万骨枯。

犀利哥在酷毙了一批人后，淡去了，没带走一片云儿；章鱼哥在雷倒了一片人中，惊现了，带来了世界杯的传奇。

/捌/

捌，提起手告个别。八，分之意。88，即将拜拜的八月。

忽然，想起2008.8.8北京奥运会。更高，更快，更强，激励一代又一代运动健儿刷新纪录各展风采。

时间飞逝，转眼八年过去了，京剧《智取威虎山》中“八年了，别提他了”，每每想起过去的岁月，总是觉得过去岁月的美好，至少那时我比现在年轻。

八年，一个婴孩成长为一个少年。暑假期间，有一个男孩来到图书馆，谁说孩子7、8岁狗都嫌，这位男孩乖乖的，一双葡萄珠的眼睛，一个豁牙露齿会说话的小嘴，边写作业边悄悄地玩。

阿拉伯数字的8，形似个葫芦，有福禄谐音，还有“发”的音，所以8还是比较招人待见的。

但，我还是喜欢玖，9是无穷大，俗语讲，金九银十,九月也是秋高气爽的丰收之季。

亦舒讲，“时光如一列开出去的火车，轰隆轰隆，经过原野，穿过山洞，日夜不停。可恨目的地是什么地方，人人知道。如果不在旅途中多吃多喝，娱己娱人，兼欣赏风景，简直对不起自己”。

最好的时间永远是现在。

明天见，明天见，总在不经意时候拥有，又在不舍得的时候失去。

像孩子一样遇见，像老人一样离别。

/ 非诚勿扰 /

“你要想找一帅哥就别来了，你要想找一钱包就别见了。硕士学历以上的免谈，女企业家免谈（小商小贩除外），省得咱们互相都会失望。刘德华和阿汤哥那种才貌双全的郎君是不会来征你的婚的，当然我也没做诺丁山的梦。

您要真是一仙女我也接不住，没期待您长得跟画报封面一样看一眼就魂飞魄散。外表时尚，内心保守，身心都健康的一般人就行。要是多少还有点婉约那就更靠谱了。我喜欢会叠衣服的女人，每次洗完烫平叠得都像刚从商店里买回来的一样。”

电影《非诚勿扰》中葛优的幽默诙谐的征婚启事，至今想起还会掩面眯眼窃窃而笑。现在每到周末晚，火爆味十足、收视率颇高的江苏卫视《非诚勿扰》已成为家喻户晓、喜闻乐见的大型婚恋交友节目。

自从电影《非诚勿扰》放映后，“非诚勿扰”这四个字就如雷贯耳响彻在祖国的大江南北。网上爆料说，“哥相的不是亲，是潜力和观念”，“姐要的不只是钱，还有心意”。不知是沾了电影的《非诚勿扰》的光，还是《非诚勿扰》节目本身就有看头，总之这个节目已经到了“羡慕嫉妒恨”的地步。

我闲来无聊，连续看了几期，24 位千姿百态、容貌上佳、身材一流、打扮入时的美女一排站开，颇有晴空仙鹤排云上，便引诗情到碧霄之韵味，可谓是夺人眼球之壮观。大家眼中妙人多，且随手抓来四个一观，已

是让人栏杆拍遍。男嘉宾成熟或幼稚，英武或文雅，卓越或平凡等各式人物，在刚劲有力的出场音乐 can you feel it 中分别亮相出场。两个脑袋光光，被戏称是多余两盏灯在旁边闪烁，睿智、幽默、成熟男人的主持人孟非和性格色彩专家乐嘉坐镇，更是给此节目添上两抹诙谐有趣的色彩。

窈窕淑女，君子好逑，对于女嘉宾来讲，首要要素是美，集貌、情、态于一身。包括体态窈窕，性感迷人，装扮宜人，气质上佳。通过观看后，总的感觉是，男嘉宾无论是白马王子还是青蛙王子，通通有一个嗜好，就是喜欢漂亮的女孩，比如马诺和马伊咪，而不是说话颇有哲学家潜质的中性女孩谢佳或博士许贺等。所以说，有美一人，清扬婉兮，天生丽质的女孩，无论是主动权还是选择权都占了较大的优势。如果你不漂亮但要会打扮，打扮得体而又怡人，再加上聪明智慧和学历爱心等气质修养，一定会找到上好的金龟婿。

择婿观头角，嫁男察品行。对男嘉宾来讲，首要要素是才能，靠自己的能力创业致富的有房有车有钱一族，而绝非是富二代之类的纨绔子弟。比如"涂鸦男"的才华和"包子男"的能力就会呈现被美女们扑倒之趋，富二代刘的得瑟之态就会令美女们嗤之以鼻。其次就是成熟稳健、举止大方，宽容孝心、富有爱心、相貌不错。如果两者兼而有之，女孩就会被迷得七荤八素，认为是一等品的男人。总的感觉，男孩一般到 26 岁以后，无论是出场时的言谈举止穿着打扮，还是在事业上都透露出一股成熟稳健之美，男孩的幼稚会令人大跌眼镜。

"女嘉宾是连续剧，男嘉宾是系列剧"，这是主持人孟非所讲，两个光头男带着一帮美女选婿，集娱乐、服务、征婚、交友之大全，把当代青年的审美观、恋爱观、人生观尽情泄露给世人，观众既欣赏到美女帅哥，也体会到世态炎凉。未婚的帅哥美女们不妨报名参加一试，已婚的熟男淑女们只能在电视旁垂涎艳羡了。

我的天，《非诚勿扰》一分广告费可没给我哦，缄默呀缄默。

/ 大亨 /

大亨是一条狗，它原来有两位哥哥，大哥叫大奔，大奔如其名，仁义厚道，大度宽容，狂奔如风，赛过奔驰车的速度。正因如此，一次在遛狗奔跑时消失无归；二哥名大款，狗如其名，好似浪荡款爷，脾气浮躁叽歪，小肚鸡肠，不太招人待见。所以，主人把它送了人。之后又抱养了大亨，也就是春节我所见到的一条狐狸犬。

小秋、小革还有我，是相从过密的老同学。春节团聚去小秋家拜访，走进她家门口，有一条棕白相间的狗跑出来，叫了几声，在主人的耐心讲解和诈呵中停止了狂吠。

这就是大亨。听小秋讲，大亨是狐狸犬，喂养六年了，相当于人四十几岁的年龄，喜欢吃肉，无论是体型还是模样，长得非常漂亮好看。

“初次见面，请多多关照。”我对着帅气的大亨讲。看见大亨，想起了几年前在小秋家见过的大奔，那时我们几位同学围桌吃饭，它前肢搭在饭桌上，站立着看我们吃喝，不闹也不叫，大家都喜欢它，可惜它跑丢了，小秋顿足捶胸心痛了好一阵子。

我没有养过狗，看着很喜欢，但不想操这心。进门换上拖鞋后坐在客厅沙发上，大亨在脚边旋来蹭去的，手抚摸着它，它很乖，歪头两眼斜瞧着，好似很懂人事。

我对小秋说，“它是公的还是母的”，她说是一条公狗，除了不会讲人话，能听懂人的话。

小革非常喜欢猫，长得也和猫咪一样漂亮干净，着装时尚摩登很会打扮。她有一个女儿名叫小猫，很刁钻调皮。爱屋及乌，所以家中养着猫。我们管她叫咪妈，咪妈从美发厅做完头发后也来到了。

相互寒暄过后，她一眼看见了大亨，边抚摸着它边问小秋，“亨妈，咱家的亨亨是儿子还是闺女？”然后咪妈不断地夸奖大亨，“看我们帅哥多漂亮、多帅呀，看这眼睛多亮、鼻子多周正，颜色图案多对称，皮毛多光滑。瞧，从它的脑后看，耷拉的耳朵展起来，就是一幅美丽的蝴蝶图案”。

我们三人开始围桌边吃喝边聊，这时大亨突然跑过来，用爪子刨开我穿的拖鞋，两前爪抱着我的脚踝，骑坐在我的脚面上，非常亲热地仰着头，浑身激动地乱抖。我正疑惑着它在干什么，小秋调侃地呵斥道，“色大亨，见着美女就没出息，它的嗜好就是喜欢美女，快走开”。不一会儿，它又色迷迷地跑过来，又来抱我的脚。

我的天，真是名副其实的“流氓大亨”，原来狗公子对美女也有垂涎三尺的怪相，真是开了眼。也难怪，现在养的宠物，无论在物质上还是在精神上，它们都能和人有一拼。

/ 小兔乖乖 /

看到这四个字，也许会想起儿歌：

小兔乖乖把门开开，快点开开，我要进来，不开不开我不开，妈妈不回来，不能把门开。

小兔乖乖把门开开，快点开开，我要进来，就开就开我就开，妈妈回来了，我就把门开。

长长的耳朵、短短的尾巴、钟爱胡萝卜、恭良温顺和强悍的繁殖力，是我们脑海中兔的概念。今天是正月十五元宵节，望着窗外鞭炮齐鸣，火花冲天的景色，满脑子跳跃着兔子的影子。

昨晚，看到 2011 年第 4 期《读者》的封面是一对可爱的兔子，正疑惑是谁画得这么可爱，翻到封底时，又出现几幅兔子的图画，原来是画家韩美林所作。

今早，整理被子时，突然发现妈妈缝制的被子上罩的是带有兔子图样的被罩，兔子是小女孩，戴着红发结。

记得小时候，画册里有小兔子拔大萝卜，兔多力量大。有龟兔赛跑，不要做骄傲的兔子。中秋夜坐在房顶上，痴迷地望着圆月，想着里面的玉兔捣神奇的草药何时从月宫送至大地。睡觉时望着兔图案的窗帘，兔子挎着装着大萝卜小篮子，沿着郁郁葱葱的小路，向家的方向走去，想着兔子为什么总也不到家呀。

多年前老公用 N 的平方只小兔做实验，屠戮了它们的生灵，导致属兔

的儿子很叛逆。

几年前，属兔的妈妈遛弯时被一名骑车学生撞折了手腕打上石膏，一只手不能梳理头发，我想替她梳，妈妈不让，对我说，让你爸帮我。后来给我讲了她小时候的事情，9岁没有娘的她，没人管，头上生了疮留下了一个疤，好强的妈妈至今不想让别人知道她头发里疤的样子。

春节聚餐，属兔的表弟对我讲，房子平改分给他四套新楼房，颇有点待兔守株的味道，而且坐享其成的果实够他家享受二辈子。

同事W，有一对双胞胎“兔”儿子，老大考入北航，老二考入北科大，让周围的我们艳羡的眼都红了。

年前去超市，想买一只兔子玩偶送给朋友的女儿，一只是模样抽象爱情兔，一只是模样逼真的家常兔。不知如何选时，去问旁边的两个小女孩，哪只更好些，她们异口同声说，爱情兔好。爱情的力量是伟大的，连青涩小少女都沉迷于它。

很喜欢王卯卯所设计的兔斯基，搞笑表情使人快乐，具有动如脱兔的音律感。据讲，流氓兔、兔斯基已退居二线，“犀利兔”现在最火。

画家韩美林一张画中：“小白兔你别乖撒腿快跑逃命去吧，如今人们已经杀红了眼，没人把你当乖乖。”看过无语，此处省去19个字。

苏联电影《钻石胳膊》中的插曲《兔子之歌》在俄罗斯家喻户晓。歌中描述了兔子实际上处于食物链的最底端，再下面的就只有草了，因而当已经没有什么可以失去的时候，也就没有什么值得害怕的了。这首歌暗示苏联社会的总体状况——最好是不要惊吓“野兽”，甚至是像兔子这样的微不足道的小野兽。难怪俄罗斯一首诗中有这样的句子——从前有一只兔子，它以吃胡萝卜为生，最后，它拿起了步枪！这也许就是中国的俗语：兔子急了会咬人。

总之，兔年将会是非常有趣的一年。正如《黑客帝国》中说到的，“跟着白兔走……”

/ 马上 /

马上，即立刻，很快了。听来很主动，能给人一片安慰和希冀。

现在不是马上得天下的时代，几枝疏影溪边见，一拂清香马上闻的景致已远去，那些翩翩马上郎，只有在边远的草原和赛马场上才能看到。

马上过春节了，马上有钱发了，马上有假休了，马上春暖花开了。想着这些“马上”的事情，跳动的心马上要破茧而出。

马年将至，传统书画或者雕塑造型里，会出现猴子骑着马的形象，再加上几只蜜蜂，其寓意就是“马上封侯”。最近，“马上体”蹿红网络，马上有什么？成了人们马年的梦想。

起初，在微信上看到一个图片，是一匹马背上放着一张百元人民币，让猜猜是什么意思，当时我很迷惑。后来又看到马上有一对象，是马上有对象的意思，才得知是马上有钱。

前几天去开会，晚宴上，公司老总端着酒杯走来，大家马上齐呼，马年马上幸福，马上功成。

马上想起沈从文初到北京时的那句话：“北京的天蓝得使我想下跪”，马年，北京的天若果真如此，我马上下跪。

/燥言热语/

燥，天燥，地燥，人也燥，心更燥。

持续的高温，老天要把人烤成木乃伊。迈入蒸箱般高温的天空下，有双腿摩擦即蹦出火花的趋势。

望望稀罕的蓝天，朵朵白云呈现出好看的鱼鳞烤片模样。心中默念着心静自然凉，却不自觉地把身体挪移囚禁到有空调的空间里。

疲软的公路上跑着炽热的汽车，空调在车内呼呼地吹着小调。坚硬的高楼窗户上挂着空调外机，风轮在嗡嗡地跳着圆舞曲。它们正在拼命地制着冷，吹着风，祛着燥，降着温，为人类制造适宜的室内凉爽氛围。

人们狂饮着要脱销的冰镇啤酒，看着如火如荼热闹非凡的世界杯。眼球忠实地做着足球（星）的粉丝，不懈地伴着球（星）唱着“二人转”，间或热泪盈眶地目送心中的星星们黯然远去。

我抚摸着周末郊外漂流时被太阳热吻过的微红小腿和貌似被擦上胭粉的脸颊，心中不免泛起了对太阳公公的敬畏——对他所带来的炙热的情怀。

/ 山楂树之恋 /

周日晚，薄雾蒙蒙细雨霏霏，已到了秋枫寒石的季节。

据说张艺谋导演的《山楂树之恋》值得一看，就去了，看到最后老三生死弥离时，静秋的“我是静秋，我是静秋，……你不是答应我听到我的名字你就会回来吗”，也是稀稀簌簌泪暗流，大珠小珠落满腮。

晓风干，泪痕残。走出剧场，独语斜阑，感觉这部电影还不错，无论是故事情节还是扮演的人物景物，都给人带来一股如清风微微吹、清泉潺潺流的感觉，尤为喜欢山楂树和饰演静秋的女演员。

山楂树——平凡中之酸甜

山楂树是山间很普通的一种树，朴实无华，果实红点缀在树叶青中，是一种暗淡含蓄的红，不耀眼不炫目，也不哗众取宠。外形圆润饱满耐看，其果肉却是甜少酸多。

《山楂树之恋》中的山楂树似乎在诠释着，其实这样的爱如山楂树，质朴平凡，甘甜中沁透着酸涩，存在于世人之间。

静秋——青涩中之净美

饰演静秋的演员叫周冬雨，90后的小女生，正是二八青涩年华，玉

骨冰肌的芳姿，笑起来宛若月牙一样的小眼睛。她像一根芦苇，弱而韧劲十足，神情依依似冬雨，凉凉的，清清的，笑中似愁凝，发散着自然与清净。是那种坐使人静、立使人清、语使人韵的女生。她，与所饰演的“静秋”这个人物的状态却也是浑然天成。

啊，茂密的山楂树呀，白花满树开放，我们的山楂树呀它为何要悲伤。

/ 飞来的横财 /

人生是由意料之外的事情组合而成的。不要惊异与好奇，飞来的横财，不是3000万，也不是300万，而是3000元的物品，这只是一介草民的小惊喜、小快乐。

有一句话说：天下没有免费的午餐。前些日子，我打破了此清规戒律，意外地得了一笔小横财，这笔财是价值3000元的一个汽车电子导航仪。

某基金公司不断发短信和邮件，告之网站正举办有奖问答，幸运者有奖品，我一向对此类活动不理不睬，不闻不问。

同事拗不过多次短信的提醒，到网站上认真地找答案，经过近1个小时的艰苦卓绝地答题，终于胜利完成任务。她觉得好不容易找来的答案，轻易扔掉怪可惜的，就催我照着答案点上，就这样不情愿地，她一句我一句地照猫画虎地点上提交了。

过了两天，手机突然响了，告诉我得了奖，经过核对来电显示，果然是基金网站上的电话，半信半疑地等待中，收到了这个奖品。

虽然有所得是低级快乐，无所求是高级快乐。但金钱总能让人欣慰而笑，遇到这样的事情，还是比较开心的。只是同事种的树，我来摘的果子，想把果子送给同事，她说，这是你的运气，运气是不可以送人的。不好意思的我只有把果子酿的红酒送予她。

运气来了不由人，风吹草帽扣鹌鹑。好事不必做准备，来了就来了，最多是个喜出望外，神许你一片蓝天，你就享受青云万里，神许你一张眠

床，你就享受舒卷自如。

如果杯子没有底，要倒多少水进去？小小的贪婪过后，细想想，我们每一个人时时刻刻都能得到意外的财产，有形的，无形的，有价的，无价的，有用的，无用的，比比皆是。只是我们不在意，或是司空见惯不以为然。

如，朋友旅游回来的一件漂亮的丝巾，同事从国外带来一条淡雅的手链，妈妈亲手做的速冻饺子和炖肉，老公出差买回来的一个时尚包包，还有妹妹送的一条玛瑙项链等，甚至相邻办公室同事的一个苹果，一包家乡的特产。这些礼物情谊浓浓，饱含着惦记和友爱，东西有价，情谊无价，不经意间就赚了个盆满钵溢。

今天是霜降，是收割庄稼的时刻，清晨，我看见了太阳，它站在东坡顶上，眼神柔和，远远望着——好像早已望见了我们。

快乐是由生活中的点点滴滴组成的，一个微笑，一个善意的眼神，一句问候，一次真心的赞美以及难以计数亲切的感觉，都是一笔人生不少的横财。

第四篇 / 乐游

不知有没有行够千里路，
却耽于路上风景。
路边花花草草，莺莺燕燕，
有好的，有坏的，挑挑拣拣，
借时间封存，期待一壶好酒。

/ 美丽的湖 /

古希腊神话传说中，有一美丽英俊的少年纳西索斯，来到湖边弯下腰喝水时，看见湖面上映着自己俊美的倒影，便立刻爱上了自己。从此，他每天都到湖边来。起初是自我陶醉，渐渐地变成顾影自怜，最后终于扑向水中自己的倒影。后来，人们在湖边发现了一朵孤挺而美丽的花，这便是水仙花的由来。

湖哭了，讲，每次少年来，我都能从他的眼中看到美丽的自己，他死了，我再也看不到自己了。

我来了，湖又笑了，它又在我的眼中看到了美丽的自己。

加拿大班夫国家公园，有许多美丽的湖，以纯净、湛蓝、安宁的姿态微笑地欢迎每一位旅人。

图 21　加拿大双杰克湖

/ 六月梢时七月头 /

图 22　承德避暑山庄

晴不晴，阴不阴，雨不雨，霾不霾。郁郁沉沉到了六月梢时七月头。小区的门前，白天轰轰隆隆修起了路，夜晚树影绰绰，遮掩着凹凹凸凸，模模糊糊行人走的小心翼翼。

天下无事，我家无事，疏烟淡日，浅衫闲坐。帖出一幅虚虚幻幻的照片，人懒，词穷，片虚，心无思，权当是虚度时光中的一缩影而已。

/ 秋赏尼亚加拉瀑布 /

2012 年 4 月春，曾观赏过尼亚加拉瀑布，那时是在美国纽约州。购票后先乘坐缆车到河边，每人领取一件雨衣，然后踏上“雾中少女”号。游船先经过“美国瀑布”，然后开往“马蹄瀑布”，靠近瀑布时，可以很真切地感受到瀑布狂泻直下而产生的巨大水汽与浪花，水势汹涌犹如千军万马，惊心动魄。游船穿梭于瀑布激起的千万层水汽中，从岸上看，真是如同“雾中少女”一般。

2015 年 10 月秋，我来到加拿大安大略省又领略了其磅礴的魅力。

尼亚加拉瀑布由 3 部分组成，从大到小，依次为：“马蹄瀑布”（Horseshoe Falls）、“美国瀑布”（American Falls）和“新娘面纱瀑布”（Veil of the Bride Falls）。“马蹄瀑布”位于加拿大境内，其形如马蹄。“美国瀑布”在美国境内，由山羊岛隔开。“新娘面纱瀑布”也在美国境内，由月亮岛隔开了其他两瀑布。

“美国瀑布”，位于美国纽约州，高达 50 米，瀑布的岸长度 305 米，在“美国瀑布”旁边有一个鲁纳岛，水流又被其一分为二，分出了一条宽 80 米、落差 50 米的小瀑布，因其水流较小，飞落化雾如同一位带着面纱的新娘，故称“新娘面纱瀑布”。

最大的瀑布在加拿大一侧，称为“加拿大瀑布”或“马蹄瀑布”，在加拿大安大略省境内，高达 56 米，岸长约 675 米。

两个瀑布的水源来自同一处，可是只有 6% 的水从“美国瀑布”流下，

其他94%的水是从“马蹄瀑布”流下。“马蹄瀑布”的水量大，水冲到河里呈青色，而“美国瀑布”的水则呈蓝色。

这两个瀑布虽然一个在加拿大，一个在美国，可是两个瀑布都是面向加拿大，如果要一睹瀑布的真面目，都要到加拿大这一边，或者坐船到瀑布底下的尼亚加拉河才能看得清楚。

冲向“美国瀑布”的那一段尼亚加拉河是由美加两国分享的，河上筑有一座彩虹桥（Rainbow Bridge），这座桥也根据河内边界而划分，一端属于加拿大，一端属美国。游客在桥上分界处，一脚踏一边，可以得意地说：我同时踏在两国的国土上了。

1824年古巴诗人玛丽·何塞·埃雷迪亚因反抗西班牙殖民暴政争取独立而被迫流亡，流亡中的她来到了尼亚加拉大瀑布旁，写下了一首《尼亚加拉瀑布颂》：哦，狂潮！/令人心悸地奔腾/一如命运不可抗拒的怒涛/尼亚加拉，可敬的瀑布呀/且听诗人最终的呼声/我名誉的返照。

19世纪英国著名作家狄更斯来尼亚加拉瀑布游览之后，在他的《美国札记》中描绘道：“我们走过瀑布地区的每个角落，从不同角度观赏瀑布，即使特纳在其全盛时期创作的最好的水彩画，也未能表现出我所能看到的如此清灵，如此虚幻，而又如此辉煌的色彩。我感到我自己像是腾空飞起，进入天堂……”。

图23　尼亚加拉瀑布

/加拿大浅行记/

加拿大旅行十余日，因导游领队和司机均是会说中文的华裔人，吃住安排妥帖周到，所以，对于英语口语不好的我来讲，并没有感到有特别的不适和生疏，只就感受到的表象谈谈自己的感受。

到达温哥华，转机去卡尔加里，排队出关，出关的人并不太多，加拿大机场的工作效率像不温不火的开水，不急不慌，效率慢腾腾的。由于语言障碍，排队时特意找了一个华裔（港裔）面孔的女工作人员。没想到这位面孔神经紧绷，一点儿笑容没有，瞪圆并不太大的一双眼，用语速很快的英语反复问排在我前面的一家三口，无非问一些出来干什么？从哪里来到哪里去？带没带违禁品之类的问题，那家父母听的云里雾里，不知所以，那位海关女华裔就瞪眼睛目光直射十几岁的孩子问，后面排队稍懂英语的人帮忙解释才勉强盖章过去，我也是同样被敌意地审查了一番后才过去。我就纳闷，堂堂一个国际化大国，过海关时，那么简单的几句问话，海关人员难道没被培训？对于不懂英语的普通旅人来讲，为什么就没有培训用中文来问？或安排华裔窗口以方便旅客。海关是旅客接触这个国家的第一个窗口，服务态度的好坏直接影响着这个国家的形象。刻板，稍带歧视和不友好之感，顿时在我心中驻扎。事后同行的一位朋友讲，办完手续后真想骂她一句。

在温哥华机场托运行李时，堂堂一个西南地区大城市的机场，设施既简陋，办事效率又低。身材五大三粗的女工作人员，只管审查盖章，传送

图 24　旅途中

行李带离得很远，她指手画脚不动一个手指，无论男女老幼，必须自己连拉带拽地把沉重的行李箱拉过去搬倒在传送带上。我所接触的国内任何一个机场，都比他们的设施强。

回国时在加拿大第一大城市多伦多机场办理值机手续，为了方便照应我和同行三人在一起办理，审查称重办理完毕后，座位却被安排的相隔很远，甚至不在一个机舱。不知机场工作人员是否是无意的安排，反正我感觉是有意为之，刻板不近人情且被歧视。

大行李托运，相机包背上飞机，上飞机时机舱放包的位置已满，找了一个很窄的位置想放上去，周围座位上身形高大的外国洋人们安静地坐在座位上，目光呆滞地看着你把沉重的包艰难地往里塞，却无心搭把手帮忙一下。

各大城市之间的道路设施陈旧，颠簸厉害，据说无经费修，尤其是蒙特利尔，温哥华等地，国内任何一条城市公路甚至乡间公路都比那里强。

住一个宾馆时，由于房间很小，行李箱放在一个凳子上面，离床很近。也许是影响收拾房间的人员整理床铺，她把凳子拽到过道上，凳子底下的鞋东倒西歪，回来看到此景，很庆幸自己还未给小费。

这次加拿大之行，景色很美，特别是西南部的班夫国家公园，更是美景如画，让人流连忘返。但感觉加拿大人没有美国人的幽默诙谐的性格，没有日本人认真谦逊的工作态度，更没有中国人的热情好客。身材高大揣着却是一颗冷漠的心，总是面无表情木刻般的脸孔。

提起加拿大，就会联想起美丽的枫叶，提起加拿大，脑海里就会浮现出一位不远万里来到中国的白求恩，加拿大应该如想象的那般好。

/ 从窗口看美国 /

萨顶顶有一首歌叫《自由行走的花》，喜欢它的题目和音调节奏，“啦啦啦……我是自由行走的花”，多么自由和洒脱，超越自我之外感。不敢自诩为一朵自由行走的花，相比较而言，我更似简媜所写的《一株行走的草》，记得文中有一句：“人不能自外于山水，当我再次启程，我是一株行走的草，替仍旧沉溺在红尘里的我，招魂。”

唱着《忐忑》之歌签证完毕，哼着世界上最轻松的音乐《失重》整理完行囊后，就出发了。

在风软尘香的四月天，从4月13日至4月30日，穿越时空退回12小时，飞越太平洋，在美国大陆自由行走了十八天。

细枝末节，时见闪光之点。点滴毫末，总有端倪可现。第一次半自助游美国，这一趟美国之行，感受颇多。

站在帝国大厦上看纽约，觉得和上海差别不大，高楼林立，热闹繁华。但沿路行驶在小城市或乡村时，美丽寂静如花园，国内没法比。由此体会，中美之间的差距在大城市缩小了，在小地方依然很大。

美国人常是一脸阳光的笑容，自信自在低调而不张扬。从衣食行上看不出哪一位是富翁或负翁。自觉遵守公共秩序，热情友好，乐于助人。几乎没见到厌烦、急躁、郁闷、不屑的表情。各种族的人聚集在一起，团结协作、互助友好地共同为美利坚合众国服务。

美国已经意识到中国游客是“市场”。从签证的容易，到帝国大厦里

的中文广播；从康宁玻璃制作表演过程的中文解说，到地接双语导游；从波士顿游船上的中文讲解，到商厦里讲普通话的华裔导购人员耐心细致的介绍，无不透露出对中国游客的人文关怀。

所携带的干纸巾几乎用不上。在美国，饭店餐巾纸充足质量好且印有淡淡的花朵，雅致到舍不得扔掉。美国人把厕所叫RESTROOM，无论在哪里，室内干净，纸源充足，几乎都是坐便（有自取纸垫圈）。

美国境内坐飞机，只提供免费饮料，不提供免费套餐，若想吃自己掏钱买。据说，由于机票不贵，美国人坐飞机出行是一种常态。

司机、导游和搬运工常集一身。在美国东部旅行时，大巴旅游车司机是位胖胖的金发女人，每天除了负责长途跋涉的驾驶运行外，还要将所有游客的行李箱搬运到大巴的底层或从底层挪出，真让人感慨，整个过程中都笑容满面，丝毫没有“做苦力”的感觉。在夏威夷，一人兼导游和司机，边收放自如地开车边绘声绘色地讲解，很佩服他的一心多用的能耐。

无论几星级宾馆，一律干净舒适为基础，只配备洗发水和香皂，浴巾毛巾，纸巾，杯子。绝对没有拖鞋，牙具，梳子，而且不包括餐费。

环境好，寂静林中百鸟喧啾花自笑，绿树成荫绿水流长。少见车马喧喧尘土扬，如果懒，白衬衣可以一个星期不用换，鞋子半年不用打理，爱车一年不用洗，下场雨就是天然洗车，不像国内刚洗完车，一场雨后又是一车泥水淋漓。

在不考虑收入的情况下，日常用品使用上，物价较国内略高，食物卫生有保障但不如国内品种繁多，奢侈品比国内便宜。

时差问题，有穿越时空感，会使人一时休息不好。从东方到西方时差是十二三小时，美国境内又有四个时差区，各地穿梭一来二去自我感觉应该没关系，但由于褪黑素一时无法生成顿感长夜漫漫影响睡眠。

小费经常给，消费税在消费单上历历在目，且各州的税费不同。旅店小费，吃饭小费，司机导游小费等，是旅游费用中一笔额外的不可藐视的支出。

签证并不像人们所说的那样难签，资料按照要求充分准备，面签时，不一定要求出示，也许一二句话就盖章走人。据说，签证通过一次后，第二次会更容易。

图 25　从飞机舷窗俯瞰夏威夷

去美国旅游不用换太多的美金，只带些零用钱应付小费等即可。带一张信用卡（如 VISA 卡）走遍美国各个角落，方便快捷，免于找零。

如果不是三相插头，不用带美标转换器，两相均兼容。

旅游车内的游客座位，由导游统一编号安排，前后排一天一轮换，公平合理人人平等，杜绝因抢前排座位而打架的现象。

清戴名世《〈己卯墨卷〉序》，“得其精华而去其糟粕，举笔为文，洒洒自远”。

/原来退步是向前/

寺院里，常常可以看到一尊大腹便便的笑面和尚塑像，弥勒佛。实际上，这个心宽体胖的和尚是唐朝的布袋和尚。据说，布袋和尚是弥勒菩萨的化身，他时常背着袋子四处行慈化世。有一天，跟农夫一起下田时，作了一首诗：

“手把青秧插满田，低头便见水中天；心地（六根）清净方为道，退步原来是向前。”

循环地听这首歌，眼泪不禁就流下了，原来退步是向前，无论从哪个方面来讲，人生就是如此。

古人说：“以退为进。”常言道，退一步海阔天空。退步，等一等被丢掉的灵魂，退一步，你才能够看得更全面。谦让，不争的妥协。低头，是成熟的稻子，更能看清脚下的路。

十月四日，不风不雨正清和，驱车跑了 3 个多小时，到天津蓟县的一个叫南贾村的地方，那里有一位年轻人退回到了田间地舍。他在日本留学了 5 年后，离开了繁华的城市走向了农村，租了一个废弃的学校，总共 30 亩地，租期 20 年，租金每年 3 万元，并逐年按百分比递增。

被子晒在院子里两棵树的绳子上，盖起来能闻到太阳的味道。房间简单地装修了一下，望着一间间房间，我对女主人讲，在这里可以打着滚儿地住。

这里，时间没有边界，空间没有边界，或者说自由也没有边界。

图 26 天津蓟县湖畔风景

院子大大的，数来又数去，房子一排排有十排，这里原来是学校，教室里朗朗的读书声没有了。一块块地里，种上了花生，萝卜，黄瓜，小白菜等各类蔬菜，全是纯自然的绿色产品。

院子后面原来是学校的操场，门框静静地站着，学生消失了。操场地里的玉米等待需要它的人来收获。高高的电压线塔耸立在此，所以，这里的电是免费的。

从内蒙古引来獭兔，养殖的獭兔个个肥，兔子的繁殖能力强，均一个月就能产子。

古希腊柏拉图说，“是不是一样东西的好看守也是这样东西的高明的小偷”。院子很大，需要忠诚的伙伴看护。他们养了两条大狗，还聘了当地的名偷在夜间看家护院。

南山，叶红了。还有些叶，心不甘的绿着。红，还能红几时，绿，还能绿几刻呢？它们是在秋季再向世间展现这一年最后的灿烂和执着。

主人公坐在岸边，鱼竿伸向水中，鱼上钩不上钩无所谓，钓着钓着，就钓到了落在水中的太阳。生活的过程，总是被各种各样的东西填得满满

的，所以古人才发出了“虚空有万象，万象在虚空”的喟叹。

疏影横斜水清浅，果河静静的，天气暖洋洋的，树上的叶子还比较繁茂，鸟儿停靠在树枝上百无聊赖地吟唱着一成不变的曲调。坐在树荫下看着水的远方钓鱼船发呆，无所思，无所为。秋天的河，有些隐晦，有些忧郁。租一条船一天 50 元，坐在微风中，水波不兴，鱼钩不动，渔人自乐，享受春钓雨雾夏钓早，秋钓黄昏冬钓草。

东坡所说，“无事此静坐，一日是两日，若活七十年，便是百四十”。缄默地坐在岸边，闲来无事，从颈上悄悄摘下玉佛坠，放入枯黄的杂草叶上，佛落入尘间，笑永远凝固在脸上。

/ 呼伦贝尔大草原 /

天上牛羊奔跑，地上白云吃草。这是一首诗中为人脍炙的一句。

呼伦贝尔，最初的印象来自歌曲《呼伦贝尔大草原》，去过几次草原，呼伦贝尔草原在我心中确是最美最阔最大最令人震撼的草原。

呼伦贝尔，有水草丰美碧绿连天的草原，有苍松翠柏亭亭白桦的林海，有纵横交错蜿蜒曲折的河流，有星罗棋布澄澈浩渺的湖泊，有牛逐斜晖羊亲青草水边饮白云的骏马，天似穹庐一碧望中圆，临风笑语净空宇宙宽。

呼伦贝尔，堪称世界三大草原之一，被誉为“北国碧玉”。辽阔广袤，翠环铺碧，揉蓝染绿，神秘幽深，滋润清透，宁静遥远，接纳包容，仪静体闲。

你看见了那草原和骏马，你看见了那白云和苍鹰，他们也在看着你，透过呼伦贝尔的眼睛。

行走在美丽的呼伦贝尔大草原，蓝蓝的天衬你的背景，宽阔，辽远无边。绿绿的草映你的脸颊，美目碧长眉翠浅。白白的云浪漫你的情怀，荡漾，澎湃，涌动。

纵目平原，羊群似白云一簇簇一朵朵在蓝天绿草间缓慢的游动，自由不羁，安闲随意，恬静悠然，超脱洒脱。点点星星的蒙古包似白莲花，在湛蓝的天际下，在盈盈绿草间，闪着耀眼的瑞光。

不经意间，一曲动情的《天堂》从心头涌出，唱得回肠荡气，吼得魂

图 27　呼伦贝尔草原

魄坐天堂。

感受这一切，所有的郁闷与彷徨，所有的不快与伤感，在蓝天下，在白云间，都化为一缕云烟，在微风中飘远。

草原芳菲，丽日熏风，浩漫绮光，蔚蓝低垂。随手扯下一块梦幻蓝天做衣裙，撩起几缕吉祥彩云做巾纱，绕缠碧草鲜花为冠戴，白云打马，掠过万象虚空香色界，浮过白蘑山葱遍地黄花，引出一声长空大雁高鸣，奔向灵云缥缈海凝光的地方。

/ 大东北 /

八月，虽到初秋，天依然骄阳似火。一行征燕往南飞，两只烤鸭往北走。走，和朋友一起报旅游团，到长白山—镜泊湖—扎龙—五大连池—哈尔滨一行游。

首先，坐卧车到吉林，乘车赴松花江畔乌拉满族风情园观览。然后，前往东北第一高峰——长白山。

长白山是中国十大名山之一，风光秀丽、景色迷人。以长白山天池为代表，集瀑布、温泉、峡谷、地下森林、火山熔岩林、高山大花园、地下河、原始森林、云雾、冰雪等旅游景观为一体，构成了一道亮丽迷人的风景线。

观览长白山之前，脑海印象中的它是被茂密白桦林覆盖的山，但到了长白山火山国家地质公园，它却是一座雄浑和博大的休眠火山，放眼远眺，叠峦起伏的山峰表面浮着淡淡的一抹浅绿，很俊美清秀。导游讲，长白山是神山，主峰山顶的天池，并不是每一位来访者都能目睹其真面貌，山顶的天气变化莫测，一会儿阳光灿烂，一会儿就乌云密布，或大雨瓢泼。

正赶上暑假旅游旺季，来目睹长白山风采的游人如织，门口排队等待，为防止踩踏，一拨一拨放行，然后排队乘大巴观览车，约 20 多分钟后，转乘中巴上山顶观天池，海拔约 2154 米，一水的奔驰中巴，据说 170 辆，每天运载游人 2 万人次，上山的路很陡，车里放着铿锵有力的劲歌，

车上的人被甩的东倒西歪，还不忘拿相机或手机抢拍一下窗外绝美的风景。

据说，天池原是太白金星的一面宝镜。西王母娘娘有两个花容月貌的女儿，谁也难辨姐妹俩究竟谁更美丽。在一次蟠桃盛会上，太白金星掏出宝镜说，只要用它一照，就能看到谁更美。小女儿先接过镜子一照，便羞涩地递给了姐姐。姐姐对着镜子左顾右盼，越看越觉得自己漂亮。这时，宝镜说话了："我看，还是妹妹更漂亮。"姐姐一气之下，当即将宝镜抛下瑶池，落到人间变成了天池。

还有一个传说，说长白山有一个喷火吐烟的火魔，使全山草木枯焦，整日烈焰蔽日，百姓苦不堪言。有个名叫杜鹃花的姑娘，为了降伏作孽多端的火魔，怀抱冰块钻入其肚，用以熄灭熊熊大火，火灭后山顶变成了湖泊。

长白山天池，是图们、鸭绿江两江之源，是中朝两国的界湖。处在长白山巅的中心点，如群峰环抱中的一块碧玉。

我们很有福气，在天空飘乌云人山人海的情况下，感受到了长白山的神圣，目睹了天池美丽的容颜。

然后，乘车观赏镜泊湖，镜泊湖是中国最大、世界第二大高山堰塞湖，著名旅游、避暑和疗养胜地。吊水楼瀑布位于北头，是景区的特级自然景源。丰水期瀑布一般幅宽五六十米，落差十几米。我们没有赶上丰水期，观赏的瀑布没有显示出其应有排山倒海之势。

第三站，是扎龙，扎龙是中国最大、世界闻名的湿地，位于黑龙江省齐齐哈尔市东南 30 公里处。总面积 21 万公顷，为亚洲第一，世界第四，也是世界最大的芦苇湿地。

扎龙湿地，芦苇青青，野花飘香，在蓝天和绿野之间，有一种"精灵"在漫步、嬉戏、翱翔，这就是中国国家一级保护动物丹顶鹤。

"走过那条小河，你可曾听说，有一位女孩她曾经来过，走过那片芦苇坡，你可曾听说，有一位女孩，她留下一首歌，为何片片白云悄悄落泪？为何阵阵风儿轻声诉说，还有一群丹顶鹤轻轻地、轻轻地飞过……"。

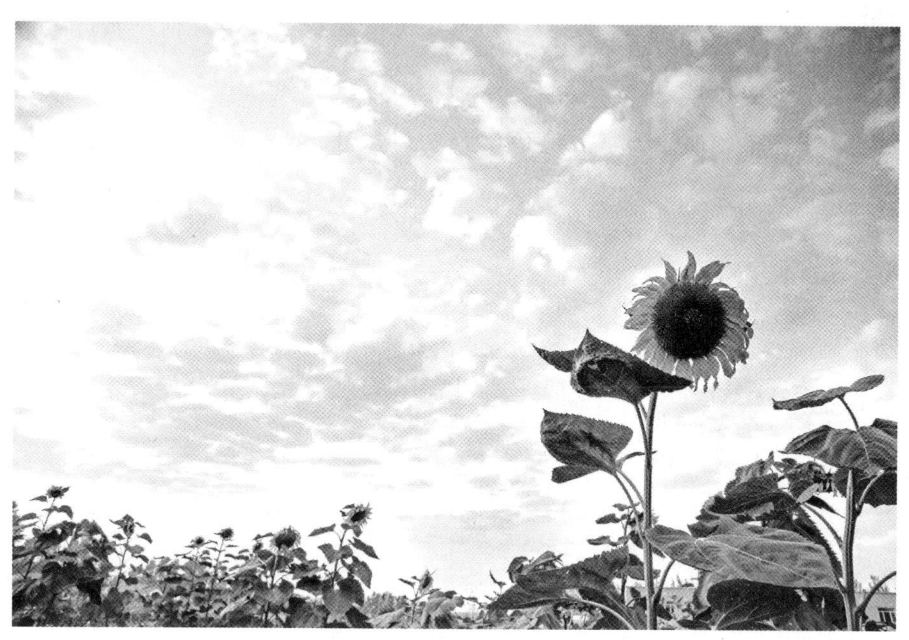

图 28　更无柳絮因风起，唯有葵花向日倾

由朱哲琴的那首《一个真实的故事》，我们知道了一位叫徐秀娟养鹤姑娘的感人故事：为了自己心爱的丹顶鹤，由扎龙湿地到盐城保护区创办养鹤场，一次为了寻找飞失的小丹顶鹤，涉水时不幸陷进沼泽遇难，年仅 23 岁。

从那以后，我们便记住了丹顶鹤，记住了扎龙这个地方。

五大连池是由五个汐水相连的如串珠般湖泊，是最新期火山岩浆填塞了浩瀚的远古凹陷盆地湖乌德林池而形成，五大连池也因此而得名。它是我国第二大火山堰塞湖，池岸曲线变化复杂，有收有放，景观效应极佳，但只有航拍才能拍出其真正的风采。

东北，辽阔空远。青悠悠的那个岭，绿油油的那个山，丰收的庄稼望不到边。东北，是凉爽的，有神山，有圣水，有火山石，有湿地及丹顶鹤，还有清澈纯泉可饮。

初来东北的第一晚，入住旅店，没有注意大厅中央凸出的半米大理

石台，我扎扎实实地扑倒在厅中央，这一跤摔得我五体投地，拜得实实在在。

离开东北的前一天早，我丢了项链，把它遗失在了五大连池，留给了有缘拾捡它的人。

/ 老街 /

老街，或古居，顾名思义，至少几百年的风蚀雨噬沉淀下来的街，静静地传承着文化，供后人留宿、光顾、怀旧、找寻岁月逝去的记忆。

不知何时，喜欢上了老街，残墙，古城旧事。喜欢它们的古朴、自然、沉寂和神秘。11 月初，我走入老街，走入西提，走入宏村。

逼仄的街道，灰暗的色调，廊檐叠峦翘向天空，白墙青瓦马头檐是惠州建筑的特点。走在老街的石板路上，仿佛沿着时光往回走，那些斑驳的窗口，沉默得如同哲人，见证着老街的沧桑变化，无言诉说着一户户人家的陈年旧事。

墙角巷口深处排布着店铺，跨过残破的门槛，嗅闻到的不仅仅是小吃的香味，还有淡淡的墨香、薰香和霉味。痴心呆望的店主，专注素描的艺人，收心懒散的老翁，流淌鼻涕的孩童，未老得闲闲到老是一种景致，仿佛世界无爱无恨，只剩下时间。

溪水缓缓穿街走巷，黄昏霞尾处，偶见水域上流洗鱼，下流洗衣的场景，古居人家并不介意，随意自然如潺潺流水。生命安排什么，他们就感激什么。

借宿老街，在斜月朦胧中，临窗欹枕数星星，可闲想闲思到晨晓。星移后，月圆时，听风摇夜合枝。负阴抱阳处，人独坐，看雁孤飞一秋空过。

老街有悠缓的时光和古朴的风韵，没有汽车尖锐刺耳的声浪，没有喧

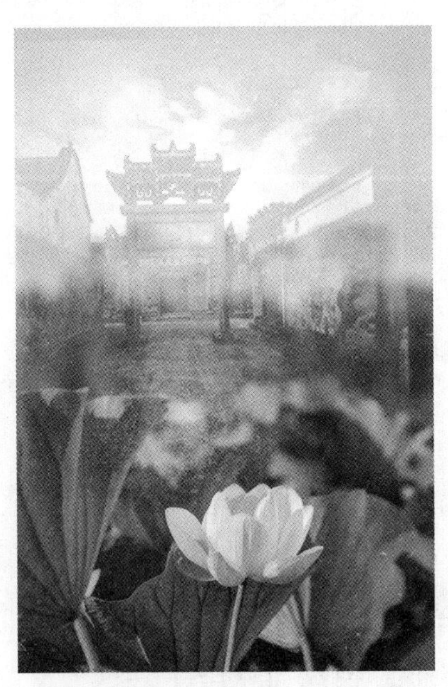
图 29　古镇悠悠荷意浓

闹拥挤急促赶路的脚步，一人可恣意放颠发呆，走遍前庭后院，旧里藏旧阁，闲门闭槿篱。市街尘不到，绿树影相连，老街自在、平和、恬淡，坚守着一份宁静和老派。

东西越古越无价，古老的背后暗藏着不可思议的神秘和游动不安的魂灵。记得一次郊游遥桥峪，在漆黑夜幕下，一行人溜达在古长城上，走在拐角处，一人讲了一个真实的故事，之前一个夜晚一个抱着半岁婴孩的人走到此处，婴孩突然啼哭不止，待离开此地后，就不哭了，据说婴孩儿透亮纯真的眼里能看到成人看不到的东西。我听后瞻前顾后怕鬼揶揄，毛骨悚然脚步急。

街老可常在，人老命将陨。今年看街伴，已少去年人。古语曰：龙钟老年人，未死先做鬼。鬼者人所畏，遇辄思远避。老人亦复然，所至令人悖。

雪小禅在《残荷》中写道，“老了，生出孤独的美感与凄清的味道。守着一杯清茶，一盏孤灯，几本闲书，几本书法孤贴，足够了。人生要的太多也是缺失，太过完美也了无趣味”。

老街，素颜清骨旧风姿，似一癯瘦老翁，坐在断魂残梦斜阳中，弹一曲古音旧律，对月掀髯把酒一笑，人间岁月堂堂去，千古是非浑忘了。

/ 心灵的乌托邦——丽江古城 /

鸟叫醒了早晨懒散的阳光。我像一个老人家似地步履缓慢走入丽江古城，时间在漫不经心中而过，漫无目的地浏览错落有致的店铺，琳琅满目纳西风俗的商品尽收眼底。无所思，侧身端详土木结构的房屋墙角缝隙，几簇开至沉坠而不自知的花在摇曳，嗅闻风吹过时扑面而来的苔藓青涩的味道，树叶掠动下纳西人的客栈时隐时现。一位纳西老人，穿着奇特的服饰安详坐在客栈台阶上，目光专注一处，对身旁猎奇的目光视而不见。

午后的小雨滴溅在脚下红色角砾岩的地面上，石上花纹图案自然雅致新鲜。如果你想拥有致幻的经历，不需要做别的，望着脚下雨滴发呆就好了。

夜晚的古城一隅灯光辉煌诡异，震耳发聩的歌声从酒吧飘出，人们随着音乐摇摆着身体，仿佛要把一身的麻烦摇干晃净。还有夜影中无人知晓的泪水和心碎，正借月光为笺，用细流书写寄给心灵的信，所有的古朴，所有的本真的存在令人内心震颤。

嘀嗒嘀嗒嘀嗒嘀嗒，时针它不停在转动。嘀嗒嘀嗒嘀嗒嘀嗒，小雨它拍打着水花。嘀嗒嘀嗒嘀嗒嘀嗒，是不是还会牵挂他。嘀嗒嘀嗒嘀嗒嘀嗒，有几滴眼泪也落下……

几度溜达在丽江古城中，屡次听到的是这首歌，几家“淘碟”卖家，好似是商量好了，循环不断地放出此首歌曲。

上午还是艳阳高照的天空，午后就嘀嗒嘀嗒地下起小雨，我们几位马

图 30　可浪费一生的地方

上撑起雨伞，暂时躲避在一座门洞或店檐角处，窥视着嘀嗒在光滑洁净青石板路上的水花，S 幽幽地低喃，“这首歌真是应景使人安静哦，把我的心情都唱湿了，不知是什么歌名，谁唱的？”幸好之前我听过此首歌，因比较喜欢记忆犹存，随即告诉他，侃侃的“嘀嗒”。

S 是一位博士，生于福建，工作在北京一家有名的研究所，据说妻子很能干，又据说他自尊心受损，就离婚了。小雨嘀嗒嘀嗒地下，时针嘀嗒嘀嗒地转，竟然异曲同工的奏出人心灵的嘀嗒声。

想起安妮宝贝在《春宴》中的一句话，“时间有限，获取当下哪怕只是一刻欢愉，都是财富……人生即使是一段迢遥长途，通往无底深渊，也暂且放下。没有过去。没有未来。所有创痛和离别把它推远，推到下一刻边缘”。

禁不起歌声的诱惑我买了 5 张光盘，均是很悠然舒缓的节奏在时光里流淌。

临返时，Z 问，以后还来吗？我想想，已来过两次了，不来了，也许。

从丽江到昆明回来的列车上，车厢里的晨曲《森林狂想曲》音乐把我们唤醒了，人们都抖擞精神整理衣装面容可掬地准备下车。过道斜前方的小桌旁坐着一对男女，三十几岁的男人好似是丽江本地人，他问对面的北京女孩，“丽江，下次，不来了吧”。女孩道，“不来？！下次来了就不走了”。说着翻开手边的一本精装书，拿出里面夹着的一张黄色折纸，“浮生若梦”四字展现出来，边看边讲，“我家老板的字体，写得不错吧”。

望着她姣好的面容，想起了古城客栈“雪影小庐”中的一副对联是这样的，“我从红尘中率先早退，你却在因果之间迟到”。

到站了，下车前回望，暗想，已来过两次了，还来，也许。

/ 转身谁的影 /

天苍苍，野茫茫，风吹草低见蚂蚱。这是前几日驾车往返一千多公里，去希拉穆仁草原所见，小草很低顽强地覆盖着黄土地，使其没有被沙漠化。

住在蒙古包，第二天清晨5：30看日出冉冉升起，金色的阳光似碎金般撒满大地。背向太阳，突然发现了自己的影子很有趣。就起舞弄清影，顾影自怜地随机拍了下来。煞有草木争春红影乱，前尘影事现眼前的意境。

上帝说："身体不过是一具盛放心灵的皮囊，你不可将它等同于自己的灵魂，身体不是你自己。"那么，影子是你自己的吗？

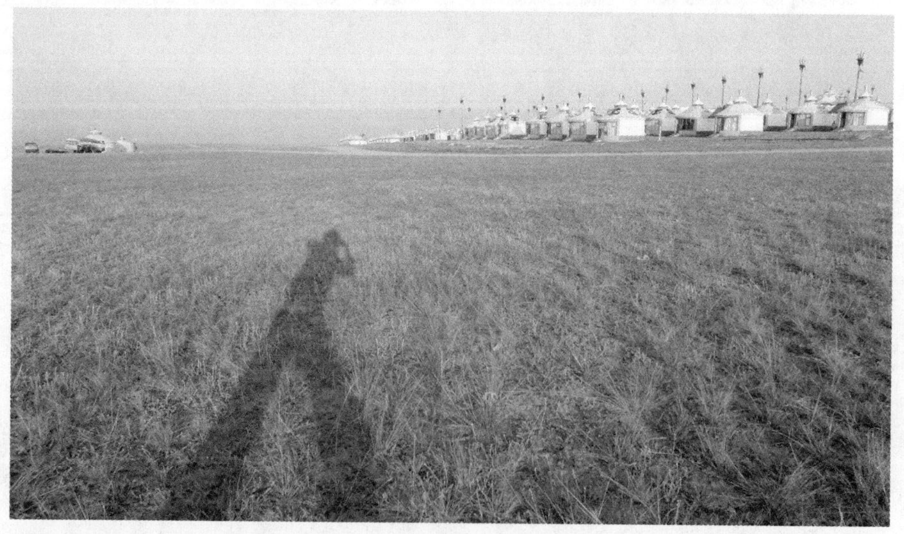

图31　希拉穆仁草原上的影子

/ 唵嘛呢叭咪吽 /

眼睛上天堂，身体下地狱，灵魂归故乡。

高原的阳光透亮浓烈，高原的天空纯净高远，高原的人们朴实悠然，高原的动物自在优哉，高原的山峦巍峨雄壮，高原的风凉沁爽快，高原的宗教神秘莫测，高原反应犹如苦般的梦境，以至于我现在还在苦海中遨游。

太失魂落魄，以至于怎样乘车、怎样下车，怎样步行，怎样观景，至今抓不到头绪。依稀感觉顺着光线投眸，人群周身轮廓被镶上金边，又淡淡晕开。大朵大朵洁白的云，从头顶飘过，言语却不知飘向了何方。

回来了，从西藏，带着一身迷惑与眩晕。回来了，写点什么，但又什么写不出来，以至于要掷笔放弃。无论是景色，是人物，是宗教，是高原反应，均是厚重的，浓彩的，深奥的，渗透在生命不同层面，潜伏在人生不同角落，博大精深瓷实地覆盖着，如果能用肉眼凡胎参透悟醒，那是不可能的。

唵嘛呢叭咪吽，是藏传佛教中最尊崇的一句咒语，密宗认为这是莲花部观世音的真实言教，故称六字真言。藏传佛教将这六字视为一切根源，循环往复念诵，即能消灾积德、功德圆满。在广大藏区，六字真言随处可见，表现出藏族人民对幸福的憧憬，对佛的虔诚和他们美好善良的心地。

伴着六字真言颂，我把散落在一地的杂思臆想拾取一些，似蜻蜓点水地感悟一下。

很欣赏雪小婵对高原描写的一句话，“烈日炎炎，刺眼的阳光，并不觉得烦，只觉得天地流转，人世浩荡，安抚人心灵的明亮”。

客车载着空暇的我在蜿蜒曲折的天路上行驶，窗外是四大皆空，六根清净的风景，空寂的山坡，空净的天空，空苍的大地，空沉的寺院，空浮的经幡，空谷中河流，空光的日子，空幻的景色，空旷的草原及空灵的习俗，漫空的牛羊。天盖地载之中，通透碧空下的景物如幻灯一样不断向后退去，隐去。

记得一篇题为《空灵之地，沉潜之心》中，大致是这样描述西藏的：

“天空广袤，山峦巨大，高原湖水因纯粹而现出不可思议的色泽，云朵在世界最通透的光线中悬停半空，召唤出如梦境般的时间滞停的错觉。

从西藏人五色的经幡、不停转经筒、信徒全身伏地虔诚地磕着长头，神秘的宗教仪轨以及宽广无边的风景中，这类幻想时刻被召唤出来。

面容充满安详又历经风霜、镇定、知足，当他们凝神注目时，仿佛一颗老树，每个树叶都繁茂而内敛。全身上下流溢着一种灵动的从容，与幽谷，茂树，花影及不绝于耳的雅鲁藏布江水滔滔相和。西藏人视一切生命为‘有情’，世间万物统摄于悲心之中，以超越一切对立。”

山水比人伦距天道要近，山水总是在天道“沉默的运思”中自然而然地呈现。鬼斧神工的“美”正可警醒、拯救那颗在世俗营役中漂泊的心灵。

唵嘛呢叭咪吽，精神恍惚中，那流畅而陌生的六字真言颂，如身下的影子，离自己那么近，又那么远。

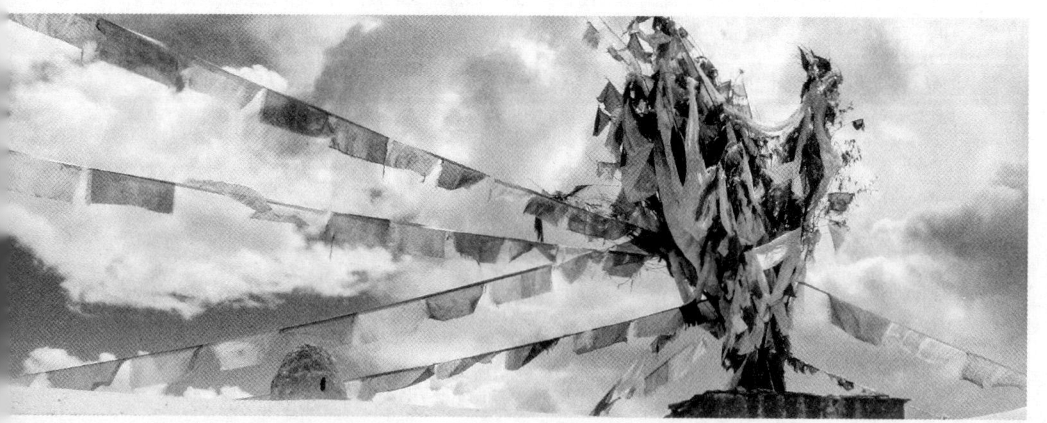

图 32　西藏飞扬的五彩经幡

/ 另一种呼吸 /

窗外墨黑，天地清静。没有了白天的喧扰，夜中的呼吸已不再那么匆忙，劳作一天的人们一呼一吸间已安然进入了梦乡。

夜沉如水，拥衾揽书，品味之间，看到了一首歌，美丽的歌词，搅扰了睡意，一颗浮华驿动的心渐渐宁静而舒缓。

“就像枝头第一片绿意，就像林间第一道晨曦，春天的清新，远方的风景，窗外迎来满目惊喜。微风吹起心的涟漪，流星闪过梦的天际，心中的灵犀，眼里的会意，每次相遇都是美丽……孜孜以求人生真谛，至真至善和至美，荟萃和风与细雨，化作另一种呼吸。”

默念着歌词，想起了洛阳，想起了牡丹，想起了那里的朋友。

“庭前芍药妖无格，池上芙蓉静少情。

唯有牡丹真国色，花开时节动京城。”

洛阳牡丹甲天下，牡丹花开了，牡丹节也盛开了，我们心也怒放了。上周五，把兴奋和希冀打入背包，携着神秘美好的情感，一行四人登上了隆隆赶往洛阳的列车，我们和牡丹有一个约会。

帅哥L的家乡在洛阳，次日清晨下车，打车去和L的同学相会，安排好宾馆，同学驱车载我们，游览了白马寺、国际牡丹园、植物园和云冈石窟。

四月的艳阳天透明温润，阳光使每一朵牡丹妖艳无比，在风里唱着春天的歌。小草翡翠繁生，在土地上写着春日之诗。阳光中，我们把冬寒的

灰衣褪去，着上鲜艳的花裙似蝴蝶在花间翩翩飞舞，肤触着遥远天际传来的温热。嗅着花之味道，赏着宁静而安详的花姿，羡着牡丹之雍容。

花开亦如爱人，破颜微笑的过程，因入眼而入心，由动心而动容。一枝两枝，三朵四朵，五瓣六瓣，一年一季的花开，熟悉得令人陌生。

感动的是L同学们的友情，几位事业各有千秋的男儿，两天之间，轮换驾车陪伴，游览闲暇之际，相聚餐厅品尝当地小吃，饮酒谈天说地，叙旧聊天嘘寒问暖，求人问票，鞍前马后地帮衬。高中的同学，真挚朴实的不用一句多余的客套话，就那么似亲人般把我们照顾得无微不至。

临别之际，心中暗暗感慨，这个世界啊，我因何在此，受此春风般的温暖，洛阳有牡丹，牡丹中有你，不枉我来此一遭。一颗真心，无尽的亲情和友情，幻化成了这座城市文化性格中的一种呼吸，总是那么殷切深沉绵绵不绝。

花开似禅，看得，说不得。返程的车上，L给我们讲起了老子的《道德经》，道——是万物之奥，在世上无所不在，道藏匿于牡丹花蕊中，仿佛隐约听闻，这世界，至少有一朵牡丹，很专注地为我怒放过一回。面对一朵花发呆，让躁动的心安静下来。听见花儿的呼吸，一如听从自己的心灵的声音，这，何尝不是一种幸福。

闻香而至，有约而来。呼出，吸进，让你的意念集中，让乏味和烦忧落在地上，让美好的渴念与牡丹聚在一起，然后，将脚步轻盈迈出，呼吸之间感受到了洛阳花般的美丽，春日般的温暖，感受隐藏在这个城市肺腑深处的那种温热绵长的呼吸。

/ 一道风景 /

一次偶遇，在温州，此人是当地某领域里一个重要的领军人物，享有盛誉。

其长相在中等偏上，1.78米的个子，大大的眼睛，眼窝有些深陷，透着睿智的光辉，约五十几岁的年龄，看似至少年轻十余岁。他在事业干得炉火纯青，蒸蒸日上，在生活中也是过得有层次、有品位。

慕名江心屿的春城烟雨、瓯江月色、孟楼潮韵、远浦归帆、沙汀渔火、塔院韵风、海眼泉香、翠微残照、海淀朝霞、罗浮雪影十景，故我来此游览。

起初和女友徜徉在美景中，仰脸望塔，惊叹真高呀；探头观井，惊叹真古老呀；瞧见奇花异草古树，惊叹真奇特呀；俯身瞰海，真浩渺呀；倚在海边的伞塔下边吃边赏海，惊叹真安闲呀；静坐在后花园卵石上轻轻地谈笑，惊叹真惬意呀；进入纪念馆瞻仰英年早逝的烈士，惊叹真可惜呀。惊叹之余随意照相留影，游览一圈下来，只是其外表美的感官感受，对其内涵并未纠其缘由。

树外轻风水上雨，轻烟淡雾袅袅飞。他来了，带我们故地重游。脚下有湿润的干净石板路，潮潮的空气，爽爽的凉风，雨水冲刷过的树木发出清亮的光芒。我们打着伞边走边听他妙语连珠的讲解，左顾是历史，右盼是绮丽，其景区的美感及韵味被他一一剥离开来，犹如一块沾有些泥土的美玉，被他那轻轻地一抹，露出了其本来原有的美丽。如画般景色被他娓

娓道来，一点点漫延开来，侵染在我们心中，永世抹不掉了。

美景有了内涵也就有了其韵味，摄影紧随其后。他拍照也有门道，能审时度势拍出层次感，一看就是摄影爱好者，诸如哪个景色最美，人应该站在哪个位，有树、有井、有塔、有水、有天、有海、有阁来衬托。飘花人独立，微雨鸟双飞。胸无城府，浅如清溪的我在那天充当了无数美景中的模特，被摄出的影像美轮美奂，惊叹，这么美的景中人是否也可以上杂志封页。

他用宝马车送我们去机场，路上，温声细语讲解温州的历史风情与城市的发展，介绍温州在南宋时被辟为对外通商口岸，有“一片繁荣海上头，从来唤作小杭州”之称；讲榕树（小叶榕）是温州市树；介绍温州经济总量稳居全省第三位，经济综合实力居全国百强城市行列；讲温州景美气候宜人，是适合人居住的城市。

看时间有余，不容置疑地把车拐进有名的小吃店吃海鲜，讲“三丝敲鱼”等小吃怎么个吃法，如何烹调与历史的由来，如何品味。他继续道，如果要把温州小吃吃遍，可以吃到上百种海鲜，我们边用羡慕的眼光耸耳聆听边细细品尝着小吃，觉得温州菜肴可谓是天下第一美味佳肴，这一点从我们吃得大汗淋漓中得到了验证。

他生于温州，长于温州，在此学习和工作，对自己的故乡无比热爱。通过他如数家珍地介绍，使我们也对温州从表面认识到了深层次的了解。他熟稔自己的家乡，把温州像用双手从心中捧出的一颗珍珠，至高无上地端上台面，让我们外乡人细细端详其美貌，慢慢品悟其内涵，我们从不了解温州到热爱温州，他的功劳很大。我讲，“你去当温州形象大使吧”，他谦和地笑了笑。

从他在当地某领域的盛名来讲，从他驾驶的宝马车来看，从他游玩赏景的兴趣内涵来讲，从他摄影技巧和审美感来看，从他对美食的考究和嗜好来讲，从他的谦逊热情思维逻辑缜密来看，他是一位事业成功生活精致之人。一面之缘，未深究其，对渊博人如读异书，对风雅人如读名人诗

图 33　单腿撑舟转江湖

文，才子而富贵，定从福慧双修得来。一个充满魅力有韵涵的人，似一本好书一页有一页的精彩。

从我们敬重赞赏的目光中，他看到了自己的成功身影。从我们贪婪叫绝的吃相中，他闻到了自己家乡美味飘溢。这样的男人，是一道绚丽的风景，令人敬仰的美景。他一个华丽的转身，把万千风情放在了前面，把一座山峰留给了后面。让人生的前前后后能够相互灌溉，相互滋润。很欣赏这种文人类型，活出了一种细腻的质感。

/世博会　世界的　我的/

世博会是世界的，也是我的。

带着这样纯正的目的，在芳菲歇去不几时、夏木阴阴正可人的五月天，怀揣着世博会的旅游行程上的“世博会，世界的，我的”梦想，直奔机场。

在前往上海的飞机上或机场里，到处有上海世博会形象大使“海宝”，用热情的双臂，自信的微笑欢迎来自全球各地的朋友们。还有“城市，让生活更美好”等宣传标识，从飞机的宣传册上，撕下花里胡哨诱人的世博宣传即时贴，贴在包上、手机上，还有皮夹子上，怀着激动的心情走下了旋梯。在去往下塌酒店的出租车上，司机师傅用软绵绵的话语热心地为我打了“预防针”，世博会，每天至少有 30 多万人流量，要做好排队的充分心理准备，想看知名馆要有耐性、韧性和耐热、耐燥等意志的支撑。

进世博会前一天晚上，导游为我们大致介绍了观光世博园的策略，告知我们几个有特色和值得去看的馆舍。我马上掏出纸笔，认真记录，唯恐遗漏一个重点馆。如最令国人振奋的中国馆，最变化莫测的主题馆，最惊艳的阿联酋馆，最贵的沙特阿拉伯馆，最暗藏机关的丹麦馆，最浪漫的法国馆，最形象的澳大利亚馆，最贴近大自然的瑞士馆。还有德国馆，英国馆，俄罗斯馆，日本馆和韩国馆等都是观赏性很强的馆。边听边展开世博园图，圈圈点点、勾勾画画，时刻准备持图待发。

第二天，进入世博园，登上浏览观光车，世界各国馆的雄姿接踵而至。世界很大，大的相隔万水千山，世界又很小，小到左顾右盼中一览无遗。老天作美，天空没有浓烈的阳光，微云映日，微风徐徐。园内乐声如微风使树枝摇曳，使缤纷彩旗招展，掀起了听者情感的波澜。

园内有一句话，中国人不到“中国馆”会后悔的。为了不后悔，我们直奔鼎盛红冠“中国馆”。10点进入，在展示的内容上真是智慧吐纳，传统与现代的结合，利用现代投影和三维动画技术在一幅长128米、高6.5米的折幕上再现了张择端的《清明上河图》，并为画中的人物设定活动状态，宋代汴京繁华的夜市第一次凭借《清明上河图》生动地展示在世人眼中，将中国城市的魅力淋漓尽致地展现在参观者眼前。

从“中国馆”出来已是烈日惨照下的中午，“中国馆”外面是“为了不后悔”鼎沸蒸腾的排队人群，坚韧如蚁簇簇流缓缓动着。被导游介绍的某某之最馆，个个馆前排队如蜿蜒曲折的长龙。我耐心缺欠，时间不足都没有进去，只能望外观兴叹，无缘赏识其内涵的韵味。

鲁迅说：“时间像海绵里的水，只要你愿意挤，总还是有的。”我们把一天的时间紧凑后再黄金分割，加紧陆续浏览了英国、美国、俄罗斯等一些中小型馆。

如果你有“有志者，事竟成，破釜沉舟”之勇气，不妨涌入知名馆队伍。孟子曰：“天将降大任于斯人也，必先苦其心志，劳其筋骨，饿其体肤，空乏其身，行拂乱其所为；所以动心忍性，曾益其所不能。”观赏世博园亦如此。

夜幕降临，凉风习习，园内场馆灯光璀璨闪烁，观光游行车载歌载舞而过，徜徉在灯海花丛之中，如梦似幻如入仙境，使人留连忘返。

世博会是世界的，是我的，但意犹未尽，世博会不像我们想象的那样好，但也不会像我们想象的那样糟。如果有机会，我还会再去的，真正领会其中的风采，以便储存在脑海中成为美好的回忆。

只是一天的浏览观光是不足的，世博园犹如一个小世界，地面整洁平光熠烁，各国场馆外观千姿百态尽收眼底，各地来宾语言各异语调不同在

图 34　上海世博会：中国馆

人海中流动，人们秩序井然地排队观赏，志愿者面带微笑辛勤地操劳着、奉献着。

上海大学教授王霖说，2010 年上海世博会，世界多元文化和文明，就是这样近距离地交流、交融着，发现自身之美，发现欣赏他人之美，再到相互欣赏和赞美，最后达到和谐与融合。正如古人所云："各美其美，美人之美，美美与共。"

/悠闲懒散悟三亚/

火车火车呜呜响，一节一节长又长。

一月六日，夕阳徐徐西斜，披着落日余晖的列车默默地停滞在洁白的雪地上，静静地等候着如潮的游人陆续鱼贯而入。我踩着厚实的积雪，肩背着行囊，随人流登上了去海南三亚的列车。

一声长鸣，启动的列车犹如一只南飞的大雁，一路风驰电掣而行，旅途行驶3451公里，奔向那遥远温暖的祖国最南端——三亚。

想起张承志在《放浪与幻路》中的一段话，一切网络都冲决了，一切重负都卸尽了，一切犹豫都结束了，一切他人不能企及的我都达到了——艰难与辉煌，孤立和骄傲，危险和希望，如今都被我占有了，我又回到了路上。

这次到三亚开会，去时特意选择乘列车。要把心沉入海底，享受这独来独往独处两夜一昼的路程，享受这缄默无聊无思无想的感觉。行李归置完毕，攀爬到上铺，静默地仰身躺下，聆听着车轮和铁轨摩擦的哐哐声，列车快速行进与空气的阻力嗡嗡声，两者交响辉映微响在耳畔。

高悬的卧铺微微摇晃，犹如一片叶子翩然荡漾在海洋里上下起伏。喜欢高高在上的感觉，咫尺车顶近在眼前，其他物什在下犹隔天涯，天地之间唯我无它，凌空虚浮着手握本杂志，可以静静地默读，慢慢地领悟。

晚上十点，车窗外的夜色阑珊被窗帘挡在野外，隐入寒冷的夜空中。车厢内昏黄的灯光熄灭，周遭一片暗淡微光，影影绰绰。人们顿时安静下

来，只剩下列车隆隆声，偶有列车员的轻轻话语声。

上铺换气口冷风习习，冰凉之气微袭着全身，正渐渐吞噬着身上为数不多的一点热量。皮衣罩头，薄被遮身，蜷缩着，木讷着，幻想着，列车载着渺小寒冷的我，逐渐从北方的雪景中弹出淡出，心随车动地经历一次从冬到夏的过程。

据说，三亚三冬不见霜和雪，四季鲜花常盛开。阳光明亮、碧波环抱、沙滩细软、空气清鲜、山峦翠绿、椰林掩映、温泉煦暖、岩洞嶙峋、民族风情得天和田园独厚。

据说，三亚是多个民族聚居地，宛如一颗美丽的浮珠镶嵌在南海碧波中。山、城、沙、海、港自然结合一起的奇特景观，风光旖旎，气候香润宜人。

天之涯，海之角，千里迢迢路茫茫。列车在行进中，黑暗中掠过了河北，睡梦中经过了河南。天微曦时，临窗惊鸿一瞥大地已染绿茵，列车隆隆驶过了湖南，进入广东时已是细雨如丝淋洒而下。第二个夜半三更时分，列车驶入琼州海峡。在这里，列车要乘轮船渡海，车内的旅客和临时拆离成四段的车厢一起，被推上轮船甲板，载运到海口后又被连接在一起继续前往至三亚。

随着列车由北往南的行进，大地的颜色也逐渐色彩斑斓万物郁葱了。随着气温的逐渐变暖，旅客臃肿的衣服也逐件蜕壳剥离，身材轻盈窈窕了，列车临近三亚时，窗外已是亭亭枝盖自清芬，碧水浩浩云茫茫。

八日早晨，列车行驶了约38个小时，我终于在三亚微云淡影海风凉爽宜人中下了车。乘出租车前往下榻的酒店，隐入了椰林长廊的三亚湾中。

签到完毕，一行四人男女各半，在列车上偶遇，来自同一行业同一城市，年龄相仿，志趣相近。茶余会后，结伴同行，一起去乘由小妹驾驶的海滩摩托车，任凭海风吹乱头发；一起坐在沙滩躺椅上，静静等待夕阳西落；一起在椰树凉亭下或坐或倚，吃着各种热带水果和冰淇淋，边欣赏海景边聊天打趣，笑声朗朗四溢，惊染了浪花翻卷，海风绕耳偷听，斑斓的阳光从椰叶缝隙中如碎银而落，风一吹，光影晃动，撒在我们的脸上。有一种旅游，是心灵的漫步，三两知己，陶醉于景，心心相容，或指点江山，或臧否时事。

首先观览了离市区最近景区之一大东海。碧水蓝天，浪白沙细，海滩上穿着比基尼的外国人居多，游人悠闲散落在沙滩上晒太阳或嬉戏在碧绿的海水中。堪称日里看云观潮，纵情碧波，夜里听涛入眠，梦系蓬莱大东海。

亚龙湾是老景区，沿岸行走犹如大花园中漫步，到处是鲜花簇簇，树林高矮皆绿，花枝招展的游人懒散优哉，或立或坐或躺或靠任其所姿，悠悠然胜似闲庭信步。

三亚是眼中皆景，步步为花园，气温均26度。可谓是，北京隆冬瑟风日，厚重衣裳难御寒；三亚如夏凉爽天，轻薄纱裙赤足行。

三亚的特色是椰子、咖啡和胡椒。三亚的景色是蓝绿白三原色，蓝蓝的天，蓝蓝的海，蓝天碧海水相连；绿绿的树，绿绿的山，绿树翠草地如毯；白白的浪，白白的沙，卧沙听浪白云飘；轻轻的风青青的果，凉风硕果爽宜人；悠悠地行慢慢地走，漫漫天涯路游人。

“请到天涯海角来，这里四季春常在，海南岛上春风暖，好花叫你喜心怀……”，随着导游哼唱着沈小岑的歌曲，一起去寻觅天涯海角，体味漫漫人生路，漫漫天涯路的感叹。

微笑着挥动两根手指，在一片“呀诺达、呀诺达”的问候中，我们钻入了呀诺达热带雨林。“呀”、“诺”、“达”在海南本土方言中表示一、二、三。进一步的含义是创新、承诺和践行。山路幽幽隐映中，流水潺潺鸟争鸣；路边花草开不尽，风吹松涛倾万峰。各种亚热带植物争相竞放，一路绿海尽收眼帘，从中见识了令人悚然的“见血封喉”。

心怀虔诚之心去南山佛教文化旅游区，参拜金玉观音、三十三观音堂和南山寺与水上观音。坐艇乘风破浪一路笑语到西岛观赏天然水族馆，体验潜入海底与海洋鱼类和珊瑚礁为伍的刺激。经历了海风劲吹中游泳，差

点儿被海浪卷走魂飞南海的惊险。

三亚的冬天是一个人放松发呆的地方。俯仰天地，静观万象，独见独闻独触独悟。

独坐一天半晌不足为奇，闭目倚树倾听，诸多如烟的往事，如海浪一样潮起潮落撞击着心扉。感受着行到水穷处，坐看云起时豁达而悠闲的心境。

独看“千江有水千江月”的奇异景观，体验“云深不知处”的玄妙意境，感受“荡胸生层云”的浩然激情。感叹“山林不向四季起誓，荣枯随缘；海洋不需对纱岸承诺，遇合尽兴”的境遇。

独行也许是寂寞的，但不会感到空虚。把自己脚印长长地远远地甩在身后沙滩上，回头一笑脚印是别具一格的；一个人独自领略吹过耳边的风儿，你的头发显示风的流向；独浴飘至眼前的阳光，光波在海水里闪烁浮泛。独闻在鼻翼边游荡不息的花香果味，恬静中有了一种时光如醇的韵味。疲惫的心情累了就停泊在浪花上，洁白的浪花醒了会驮着它飞翔。走进海边，掬一捧瓦蓝垂落的忧郁，浪花欢快飞溅，一股清鲜的空气融入了呼吸。

独赏海边月亮升起来，皎洁湿润，放缓了前行的脚步，从一朵一朵浪花中飘过，从一棵一棵的椰树中移过，从一族一族花丛旁走过。缄默嗅到了心悸的味道，淡淡青草般的、清清的椰汁般的，甜甜的波罗蜜般的，浓烈的花香般的。

三亚，大海是无边而蔚蓝的，是简单而豪气的。三亚的冬天凉爽而不冷，喧嚣而安静，没有城里壅塞、繁杂。阳光宽阔无边地照耀，椰树冲天扫白云，花圃似锦透出惬意和温馨。

在这里，联想到了菜根谭中有两段话，

“听静夜之钟声，唤醒梦中之梦；观澄潭之月影，窥见身外之身”。

“人心多从动（浮动、浮躁），处失真。若一念不生，澄然静坐，云兴而悠然共逝，雨滴而冷然俱清，鸟啼而欣然有会，花落而潇然自得”。梦樵是这样描写美人的，“坐使人静，立使人清，走使人淡，谈话使人韵，让人可远观而不可亵玩”。我所见到的三亚就是一位这样的美女。

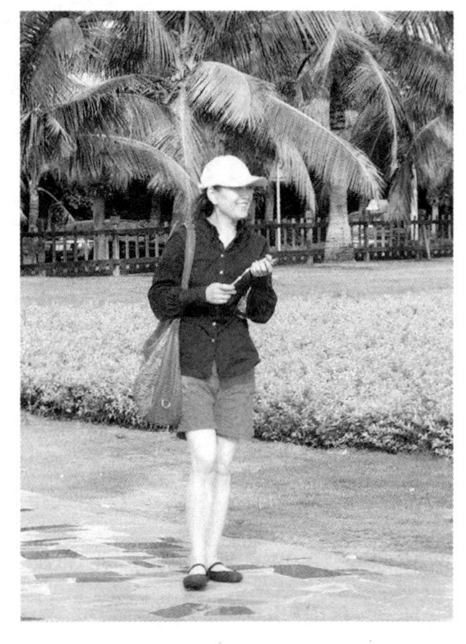

图 35 海南三亚

十三日，三亚的最后一天，要乘下午的飞机返回北京。松弛的心又要紧绷起，脑子里又要塞入什锦杂拌的东西。

灿烂柔和的阳光，碧空飘逸的白云，软细洁白的沙滩，绿波荡漾的海水，翠绿挺拔的椰林，花红草绿的街景，清爽凉意海风，品种繁多的瓜果，沙滩上驾驶载人电动摩托的小妹，自在悠闲的游人，海边树木下摇曳的网状吊床，酒店露台上清凉的竹椅，冒着袅袅热气的温泉，随淡淡清鲜的椰汁一起留在了心田里，随着蓝天翱翔的飞机渐现渐隐地飘向后边。

再见，美丽的三亚。再见，寒冬如夏的三亚。

/十五的太阳很圆很明亮/

八月十五中秋节，驾车去北戴河某军分区疗养医院，上午九点多抵达院内，同来的人去办事，我闲来无事，又不愿在潮凉的室内等候，决定独自出去走走。

太阳照耀在北戴河的海滨路上，暖暖的很惬意。我上着长袖藏蓝色衬衣，下穿灰色中长亚麻裙，脚穿杏黄色碎花休闲鞋。被海边微凉的风侵袭着，感觉全身有些寒意。走出不远又折回院内，从车里找出一件纯棉红色薄线衣套在衬衣的外面，戴上红色运动遮阳帽。然后，到疗养院旁侧边的小超市里买了些栗源、巧克力、话梅糖等零食，带一瓶装饮料水，还有一本喜欢的杂志，统统归置到包中，徒步走向院门口不远处的一座大桥。

走上桥面，俯身下瞧，桥下流水湍湍，清清海水被人工砌成的堤坝围绕，向前奔涌着，犹如一条绿色的飘带蜿蜒流向远方。桥上偶尔有机动车穿过，桥边有十几人正在垂钓，在暖洋的阳光下抛线甩杆，安详自在地享受着假日的悠闲。看着他们笑着像打磨钻石一样打磨着生活的这一天，我的心情也像天上的云朵一样舒展。

走下桥面，慢步悠悠地从草地走过，穿过林荫树木，来到桥旁河畔的低凹处，悠然看见草丛中有一块凸起的石头，突然想起一句话：“一块孤独的石头坐满整个天空……在这一千年里我只热爱我自己。”随意坐在石头上，眼前是绿水幽幽，左右是相隔几十米的两座桥梁，背后是绿葱葱的草坪和林荫公路，旁侧不远处是钓鱼者安详静闲的身影。随手把零食散落在身边，边吃边悠闲地观景，边翻着自己喜爱的杂志。作家保罗·科贺在《牧羊少年奇幻之旅》一书中说："没有一颗心，会因为追求梦想而受伤……当你真心渴望某样东西时，整个宇宙都会联合起来帮你的忙。"

由于所处的位置，比周围低些，微风习习并不是很大。沐浴在温暖的阳光下，身上的一些寒意逐渐被温暖的阳光驱逐，周身很暖和，是从内心深处往外暖，犹如冬天睡在火炕上，舒坦和惬意。遮阳帽压得很低，遮住了照在脸上晃眼浓烈的阳光。阳光明媚，仿佛过去的一段时间，忽然沉隐进了阴晦的暗影里。现在，不需要苦苦地计算，更不要去精心地安排什么，无为而为地过好此时，照料好此刻，这才是真正生活。"独自莫凭栏"，但对我这种性格已定型的人来讲，独看周边景，独赏眼前花，独晒日光浴，反而能产生安全感，可以静静地瞧着一群麻雀擦着头顶飞过而不会为之心惊，可以嘲弄地唱着，流水落花秋去也，天上人间。

时光随着流水静静逝去，转眼已经临近中午。托腮眺望着，远处人影绰绰，稀少的机动车跑来跑去，桥那边是什么样？据说美丽的海岸就在那里，于是，决定开车过去瞧一瞧。

回到疗养院，走到汽车旁，汽车在烈日下无遮挡地晒着，打开车门，一股热浪喷面而来，进入车内，脱去外罩，摇下车窗，散散热气。然后，打开空调，慢慢启动，缓缓驶出大门，前行左转再右转上了桥，再右转驶入另一条林荫路，边驾驶，边看路标，这条路的南侧是海滨浴场，食宿疗养院等临海而建。驶入海边，不时有人拦车招手，示意你停车吃饭、住宿，由于不想停留，所以就没有下车，继续行驶拐进公路。路两侧是高高的树木和各式建筑，公路宽敞无遮拦，限速 40—50 公里 / 小时，汽车很少，几百米才能看到一辆，车间隔很远，不像北京市内公路上车水马龙，车头挨车尾地前行，人群蜂拥蚁聚，就像群星落到了人间。

这里的一切都已经慢下来，太阳懒洋洋地照耀着，汽车慢悠悠地行驶着，路旁高高挺拔的树木，犹如受阅的士兵，整整齐齐列队站立着。树叶在秋风中哗啦啦地唱着。看见了路边街头那条自由散漫的狗精神抖擞地穿

过阳光照亮的尘埃。

在这里，车缓缓而行，随意自在，不需赶路，可以不急不躁，不怕别人说你挡路。放着悠扬的音乐，轻踩油门，不用顾及别人的感受，只有自己信马由缰地绕路行进。宛如汽车在宽宽的林荫路散步，身心释放着疲倦，感觉着舒适，犹如在世外桃源之中。国学大师文怀沙先生讲："人到世上来一回，权当是赴了一次宴，吃饱了喝足了，舒舒服服地回家去，这是很自然的，有什么不好呢。"

中秋的太阳很亮很圆，很浓烈，但不像夏日那么燥烦闷热，是那种明晃晃透彻的明亮。白云在蓝天上慢慢变换着婆娑的舞姿，路旁的草坪和树林缓缓向后退去，车开到很远处再掉头回来，就这样反反复复在桥横跨的两条路上往返驾车溜达了多趟。间或停在桥旁的阴凉处，看着前边不远处红绿灯闪闪烁烁，汽车在红绿灯的指挥下停停走走。

看够了红绿灯的眨眼，目送着白云飘向远方，听着悠扬的歌曲一首首，又启动汽车拐向另一条路，向前缓行，找一大片树荫处，在树叶哗啦啦声中停下来，摇起车窗，凉风吹进来，优美的音乐放出去，欢快地跑到了外面，追逐着落叶。手拿一本书眼在静静地看，耳在静静地听，身静静地坐在车内，偶尔抬头默默地观览着车窗外的一切。中午时分，路上少有行人，蝉在响亮地鸣叫，阳光从白杨树叶里洒下，地面斑斑斓斓，影影绰绰，闪闪烁烁。柏油马路上落叶被微风吹动任意流淌，在汽车轮胎下发出丝拉拉响声。

一些新的类似于快乐的东西在不知不觉中滋长着，我们的岁月消失得虽快，但毕竟美好过，这橙橙的秋季，璀璨而明亮，接起来就是一串闪烁的珍珠项链，所有的生命都丰盈甜美得像一只水蜜桃。我的身心进入安宁，这是真正平和的安宁。每一朵花都恋爱过，每棵树都怀过孕，每条河都唱过歌，每片云都在天空写过诗。不知不觉中，伴着耳边知了声和音乐声倦意袭来，渐渐进入蒙混迷昏状态。

不久，我被车的引擎声惊醒了，一辆身着迷彩服的吉普车，从车侧面开过去，又转过来，慢慢地停在我车后的一段距离内，迟疑着、踌伫着。我正在疑惑和警觉中，吉普车又开到车的前面，这才看清楚，它是一辆军车，因看不到车内的情景，我们也就这样不动声色地对望着，吉普车停滞了一下，就左拐右转后，开远了。

是否怀疑我是可疑恐怖分子，疑惑我的车为什么不停地东游西逛近四个小时，也许无所事事慢悠悠的怪诞举动，引起了他们的高度注意。后来得知，中央部分领导人国庆阅兵后，来到北戴河休养，放松一下劳碌疲惫的心情，安全是必不可少的。原来如此，既然国家领导都来此处度假，可想而知，这里是休闲放松的好去处。

享受着这无所事事的等待，享受着这无欲无求、漫无边际的松弛。享受着这无目标无目的的游荡，享受着这秋高气爽的季节，享受着这温暖的中秋阳光，享受着这海边微风习习，享受着这人员稀少空旷明亮。享受着这宠辱不惊，看庭前花开花落。去留无意，望天上云卷云舒。享受着这海景，阳光明媚，风清摩挲的时光。美哉，优哉。生命中最重要的事，就是你现在正在做的事，即使是在游荡。

中秋节。月亮很圆，很柔，很美，很亮，在这美好的日子里，人们沐浴在月光里，尽情地享受着中秋月夜静美和缠绵不绝的馨香。

中秋节。太阳很圆，很暖，很浓，很亮，我沐浴着中秋节暖洋洋的阳光，尽情地享受着中秋白昼阳光的温暖和惬意的阳光味道。世路如今已惯，此心到处悠然。

在这个世界上，最珍贵的东西是免费的：阳光，是免费的；空气，是免费的；秋风，是免费的。秋天沉甸甸的小风在你的眼窝或者鼻翼的凹陷处栖息流连，你可以听到它与你亲密地交谈。莎翁说：“你既非鹤发，也非童颜，只不过是一个饱餐后的酣梦——梦想着人生的两边。”

/ 古村 · 爨底下 /

爨（cuàn）底下，明代老村遗址，清代民居，位于京西 90 公里峡谷中部。

村形似元宝，坐北朝南的石头建筑，顺陡峭的山势层层升高，家家户户，墙角相连，屋顶相通，森严的碉堡，迷宫般的巷道，高低错落的石砌民居，一色的土灰，镀着厚重的历史底色。古碾、古磨、古井、古庙以及时代的标语、壁画、捷报，使人嗅到了历史气息，悟到了世事沧桑。

图 36　爨底下村

在肠道一般曲折的巷道里左拐右拐，摸索前行，石墙山路，门楼院落，影壁花墙，低诉着那些过往岁月。村子开门迎客，销售它古老的“原生态”。

复古，不单是一种潮流，而是对旧时光的致敬。回忆，它生活在过去，存在于现在，却能影响未来时光，老了容颜，瘦了思念，暖了记忆。

崇尚自然，追求返璞归真，从浮华走向平实，从喧嚣回归宁静，原汁原味的慢生活，以时尚的方式尊重过去，放慢现实的脚步以自省。

爱古恋旧，唤醒心中记忆的模样，与旧时光重逢。月染残破屋，斜日照花西，归鸦墙外啼，悠然一段旧旧的旧光景，可以给你一张签名照拿回去想象。

阅读旧时光，我们不知不觉，对人生难得心慌。那些旧时光，像千年塞外的诗，是沉落世外的秘密，散发着古朴的忧郁，端庄又安详。

向往，午静携侣寻野菜，黄昏抱猫向夕阳。简单衣食之后，不再蝇营狗苟，而是心随白云飞。往事悠悠，回头，槛外长江空自流。

/ 武夷山·鼓浪屿 /

武夷山，秀水清如玉，奇峰翠插天。峰岩顶斜身陡麓缓，昂首向东，如万马奔腾，构成了奇幻百出的武夷山水之胜。

“一溪贯群山，两岩列仙岫”的九曲溪，在峰峦岩壑间萦回，贯穿于丹崖群峰之间，如玉带串珍珠，将36峰、99岩连为一体。山临水而立，水绕山而行，峰岩高低、河床宽窄、曲率大小、水流急缓、视域大小、视角仰俯等都达到绝妙的程度，构成独特的美景。宋代赵时粟在《武夷》中赞道：

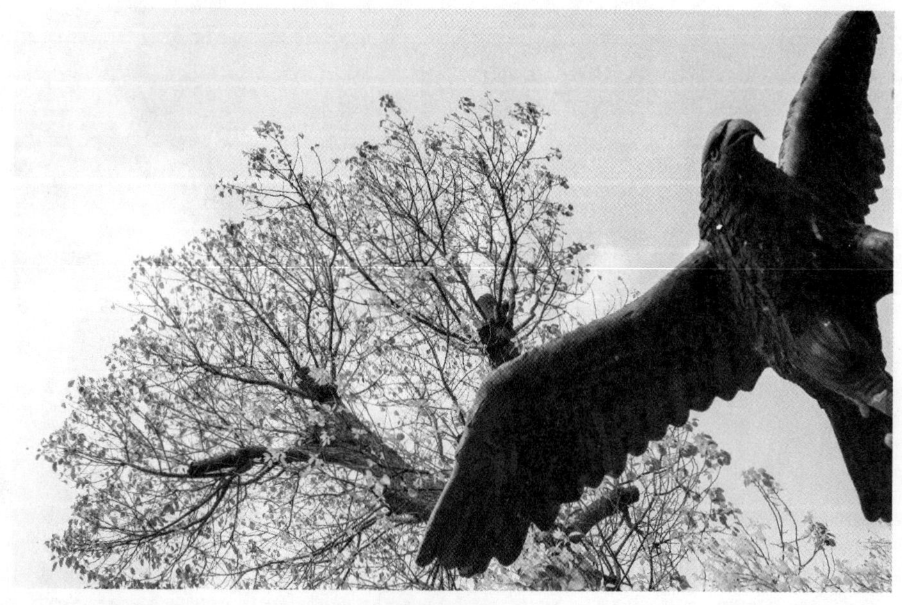

图37　武夷山掠影

千古武夷山，来寻九转丹。云封拜章石，月洗步虚坛。
白玉何劳煮，丹霞自可餐。未穷溪九曲，赖有画图看。

鼓浪屿是一个让人挖掘记忆的地方。在春暖花开的日子，坐在沙滩上面朝大海，帆影波光，潮音风籁，群鸥腾飞，幽谷和峭崖，沙滩和礁石，峭壁和岩峰，相映成趣。鼓浪屿别致的建筑鳞次栉比，掩映在亚热带林木里，木棉花的颜色纯正得令人怡心，徜徉在其中可心思神游，可感今怀古。

几座山川，几片密林，几条小道，几缕花香，几丝柔绿，几曲鸟语，几米阳光，几枝疏影，几点沙鸥，几日行云，几个挚友，几许心情。

佛说：人在尘中，不是尘；尘在心中，化灰尘。也许只有在清灵俊秀之地，方能涤清本心，释放真我。这，便是旅行最本质的精神渴求。

仁者乐山山如画，智者乐水水无涯。从从容容山上坐，平平淡淡水中游。

/ 问道·拜水·悠然 /

问道青城山，拜水都江堰，悠然天府镇。

炎歊数日剧，荡涤及秋初。今夏下了几场雨，已很拥堵的道路，加上水的参与，更加添堵，水毫不留情地窜入车内，甚至钻入人的口鼻，使人气噎喉堵，哽咽塞凝。

城市的尘埃越来越重，生活的钟摆总是马不停蹄，左脚的黎明永远被右脚的黄昏赶上，城市的喧嚣已逐渐掩盖内心声音。枯思几日，心絮飘缈，如浮云，思绪无法拘捕入罐。

风是唯一的衣裳，催我出门，起程的时候，我只有企盼的心和空空的双手。七月底到八月初，小住四川青城山附近，并以此为中心，半小时左右的车程为半径，陆续游览了成都的金沙遗址，武侯祠和锦里，映秀与水磨镇，都江堰和天马镇及一街，最后是幽静淳朴街子古镇。

人在山则在，有时见山是山，有时不是山，又何妨，行人在青山中，迈着徐缓的步子，雾迷及津渡时，投石问路可能就是悟。默言平庸地走着，不哀伤日子已逝，也耽溺这艳夏薄晨的花叶，只是走着，一步步挨近古朴独特的道观亭阁，感触到无风潮漉的天气在为我蒸着免费的桑拿。问道青城山，青城山是早期道教的发祥地之一，以青城天下幽而闻名，没有赞赏，呵掌，蝉却在耳边兴奋地嘶叫着，好似证明着，南蝉比北蝉嗓门大。

映秀镇多么清灵的名字，是汉族与藏族、羌族、回族等少数民族交错

图 38　荷花池畔暑风凉

居住地。经过 5・12 大地震的洗礼，部分遗址和人们抗震的精神还在，重建后映秀依山傍水，结院筑圃，花竹森然。

拜水都江堰。都江堰的水是神圣的，世界水利文化的鼻祖，凝聚先人的智慧和辛劳。岷江水随着河床日夜奔流，见证着天翻地覆，吞吐着悲喜相生，养育着两岸几代人的熙熙生息。

阳光慢慢地潇洒着，默默地穿过几条短街僻巷，抚摸剥蚀的墙壁和古朴门框。南方的小镇有些相似，来过？没有来过！前尘后土不屑探寻，生命的意义原本就模糊不清，拖着空荡荡的游魂走进小镇，陌生，绮清，一个心悸未知的梦境。小镇渗透着岁月叠增，一层层泛着古旧之色令人回忆。日在午，人是闲散的，街道有几分恹然，在古镇巷角，可邂逅浮生旧梦，坐成雕像。古语，少不入川，老不出川。这里，可以一个人大街上数石板，两个人进茶铺从早坐到晚。

据说，人生有两个方向很重要，一是出门，二是回家。我好奇道教神

秘，崇尚天人合一，向往悠闲幽静，但不是道人，自然不会向道观行去，仙道多驾烟，我只是凡尘中人，入世太深，就不便去搅山水清音了。所以，经过六天的无所思无所为的游历，夕阳打着追光在身后又赶我回家了。

/ 雾里庐山 /

九江，是赣江水、鄱水、余水、修水、淦水、盱水、蜀水、南水、彭水，即九条江河汇集的地方，是东晋田园诗人陶渊明的故土家园，又是北宋“苏门四学士”之一的黄庭坚的故里，有宋代我国四大书院的白鹿洞书院。

九江，有“星垂平野阔，月涌大江流”的万里长江；有“落霞与孤鹜齐飞，秋水共长天一色”的鄱阳湖；有“横看成岭侧成峰”的险峰；有“飞流直下三千尺，疑是银河落九天”的悬瀑；有“白如雪，软如绵，光如银，阔如海”的云海；有“天生一个仙人洞，无限风光在险峰”的奇洞；有李四光考察过的第四纪冰川遗迹；还有鄱阳湖候鸟奇观。

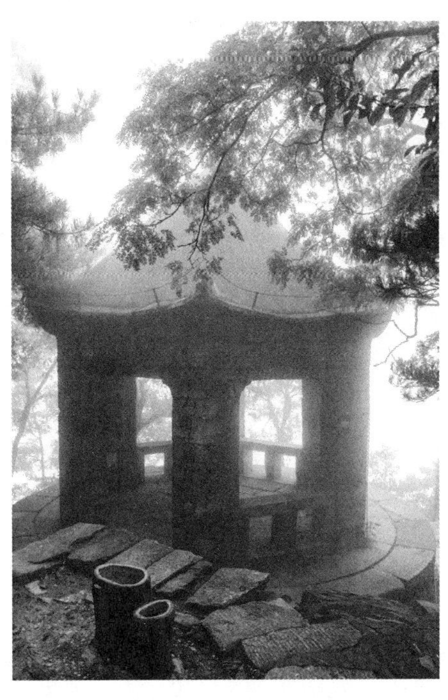

图 39　浓云遮烈日，淡雾锁亭阑

九江有庐山，又称匡山、匡庐，余邵诗云：“长江南岸鄱湖畔，拔地庐山风景妍；峭壁陡崖飞瀑布，奇峰秀岭绕云烟。”

陈运和诗《庐山》称，“三叠

泉直泻青史，五老峰耸立古诗，仙人洞深藏抱负，龙首崖腾飞情思，含鄱口难吐感触，芦林湖汇聚现实，花径走过历代名士，天池阅尽苍茫人世，白鹿体壮养于书院，东林绿荫尽染佛寺”，蒋介石残留足迹，敬仰毛泽东居住旧址，匡庐奇秀甲天下，世纪巨著出自此。

这次九江之行，印象最深的是水、山、雨、雾。雾是接近地面的云，这句话在庐山山顶得到了印证。

表浅的游览，对于庐山的印象，却是云里雾里，水里梦里。

正如苏轼的《题西林壁》：

横看成岭侧成峰，远近高低各不同；
不识庐山真面目，只缘身在此山中。

/ 凌空游 /

起飞了，坐深圳航空 ZH9889 航班，由北京飞往深圳去开会。

座位临窗，可俯视窗外景色，地面是阴阴地，飞行的上空却是艳阳高照，上半部蓝莹莹，下半部白茫茫，白云映空碧，气流似朵朵白莲团簇暗涌，萦蓝缭白如画图，这就是天宫世界，干净的只剩下蓝白两种颜色。人若浮在其中，遨游飞翔，一定会得道成仙。

天空是寂静的，飞机在白云中，感觉不到移动的迹象，只有机身不时的轻颤才感觉它在飞行。机翼直指蓝白交界处，玻璃上贴附着似人骑马的窗花，演绎着冰清玉洁的童话世界。阳光斜射进窗口，有些刺目，拉上窗挡板，自己喝咖啡的身影被投射在挡板上。

再次打开舷窗时，蓝把白已经划开一条蓝河，机内乘客不多，我们随着飞机在蓝河白岸上前行。为了缓解旅程疲劳，前方的视屏上正演示着瑜伽操，两位美丽的空中小姐带领大家来做，优雅、舒缓、美好。

飞机在颠簸中逐渐下降了，蓝消失殆尽，只剩下白茫茫看不到天际的天空，偶尔出现一个蓝岛，很快被白色淹没。飞机伴着音乐声降落了，天空变为阴灰色，灰色的航站楼，灰色的飞机，灰色的跑道，熟悉的灰色在眼前又流动起来。

旅行

某一个瞬间

你可能会遇到从未见过的自己

坐在山水间，你就是对古典诗歌最好的诠释

因此，你更加喜欢你自己

某一个瞬间

你可能对一直揪着不放的事情忽然释怀

人生如旅途，须在荒凉中走出繁华的风景

因此，你心中是一片海阔天空

某一个瞬间

你发现自己在大自然面前是多么渺小

站在天地里，心存敬畏灵魂突然觉醒

因此，你会感觉到活着的喜悦

图 40　加拿大坎莫尔小镇

旅行，到一个地方呼吸
开开心心漫步，让阳光下的自己
为人生走出一段美丽的回忆

橱窗

一枝清影影依窗，两片红叶叶又黄。
三花树顶顶秋雪，四弦丝竹竹浮香。

图 41　加拿大蒙特利尔老城街道的橱窗景色

春暖花开

春暖群花半开，逍遥城里徘徊。
携机独步寻影，闲踏过去碧苔。
红墙摇梦百载，古树随风放怀。
逢人莫话他事，笑指白云去来。

图 42　颐和园的岁月

春之花

植物园内拍花，长枪短炮对她。

摸爬滚打为啥，撷取春色回家。

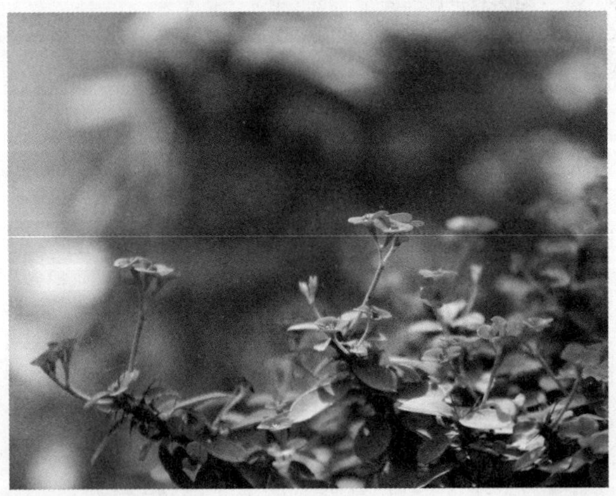

图 43　北京植物园

拍荷

寅时驱车奔昌平，夜色阑珊雨中行。
天晴陡觉荷香润，穿纱挽碧似仙人。

图 44　荷花世界梦幻乡

塞班

塞班是多彩的
多彩的海　荡漾着
多彩的云　飘逸着
多彩的虹　绚丽着
多彩的人　飞扬着
还有多彩的好心情

塞班是纯净的
纯净的水　斑斓着
纯净的风　吹拂着
纯净的云　变幻着

纯净的雨　淋撒着
还有纯净的好心情

在塞班
可闲爱流云静爱憎
在塞班
可上天下海制造惊喜
塞班是美的
美得无以言表
如果你非让我说出来
那么我告诉你
去一趟塞班吧

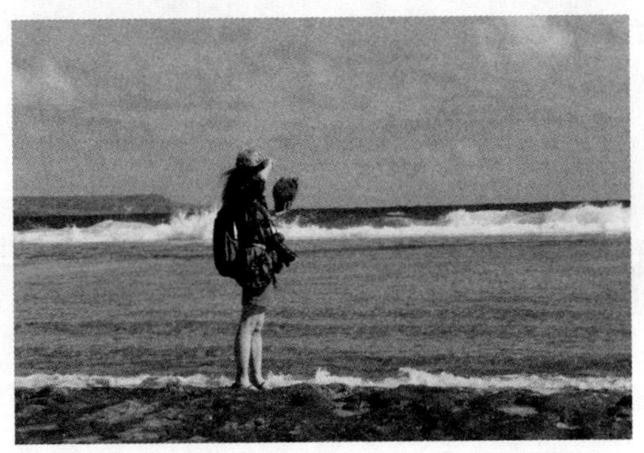

图 45　面朝大海，总会春暖花开

仙本那

在那遥远的天边
南印度洋马来西亚附近的岛屿上
浮居着一个流浪的民族

巴夭人部落

他们散落在
七八十个无名小岛及海域
在浅礁石上打上桩柱
盖起木棚房屋
过着以海为家　与世隔绝
自由自在的原生态海上生活

纯净的白色沙滩
响起孩子们欢快的笑声
摇曳的椰子树上
有孩子们爬在上面的身影
美丽似绿松石般的海面
小船飘摇　孩子在水中雀跃嬉戏
如现实世界中的梦境之岛

黝黑乌亮的皮肤
闪着耀眼的阳光
黝黑乌亮的大眼睛里
有朵朵白云飘动

巴夭族人因为没有国籍
没有陆地居住权
只能蜗居在海上简易的木棚舍里
繁衍生息　贫简自然

无须竞争　没有压力
依天靠海生活
这一片岛屿是宽容的
也是富有的
它接受了人类的另一种生存
极端美丽下的极度贫困

我们来去　虽然匆匆
但这一片原生态岛屿的美丽
以及巴夭人最纯真的面容
特别是孩子们清亮的笑声
还有孩子们那忧郁的眼神
总会在生命旅程中
让人心牵梦绕

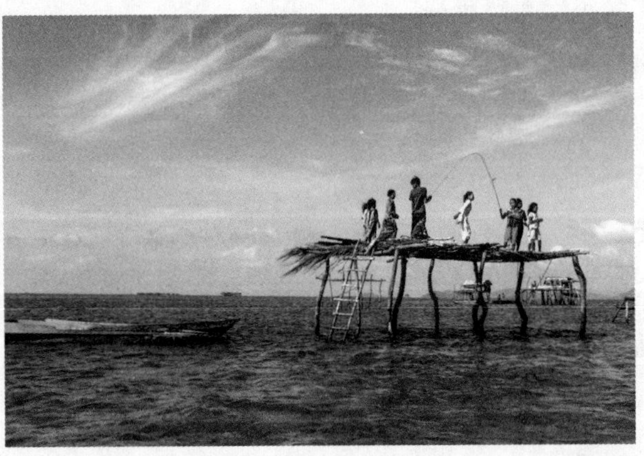

图 46　仙本那的孩子们

夏游北戴河

观

安闲静坐望云游，乘兴遥观水际流。
白浪茫茫恣意乐，黄沙皓皓尽情柔。
金霞潋滟梳长影，碧水空蒙卷半头。
鱼跃鸥翔千万里，高歌一曲待秋收。

泳

云自高飞水自流，海天空阔任遨游。
浮沙沉影拘缠缚，斩浪劈波竞自由。
涤尽苍生炎夏苦，荡除尘世酷冬愁。
折旋俯仰怡情悦，欲醉仙舟趣未休。

图 47　夏游北戴河

图 48　北戴河的冬天

冬游北戴河

你来，或者不来
它就在那里
日出日落
不悲不喜

你念，或者不念
它就在那里
潮起潮落
不矜不盈

你见，或者不见
它就在那里
冰魂雪魄
不愧不怍

你跟，或者不跟

它就在那里

不舍不弃

让我走入它心里

默然相对

不言不语

走赤城

千与千寻奔赤城，康乾栈道转山峰。

花开绿野蝶为伴，人在囧途松作朋。

洗心泉水去尘累，舒怀岩壑倚苍藤。

怦然心动问天日，吾在瑶台第几层。

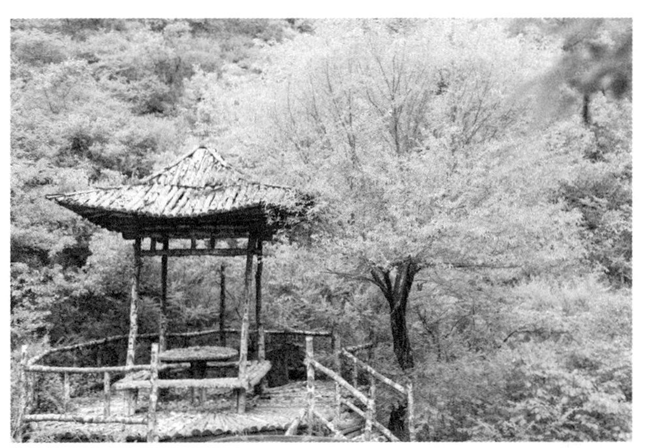

图 49　河北赤城

动感旅程

从 20 度到 30 度

从北方到南方

从晴天到阴雨天

从日出到日落

天津　河北　山东江苏浙江福建

平原　山峰　城市乡村田野桥梁

以二三百的时速从和谐号动车窗口掠过

有人下车了

又有人上车了

上车　落座

下车　消失

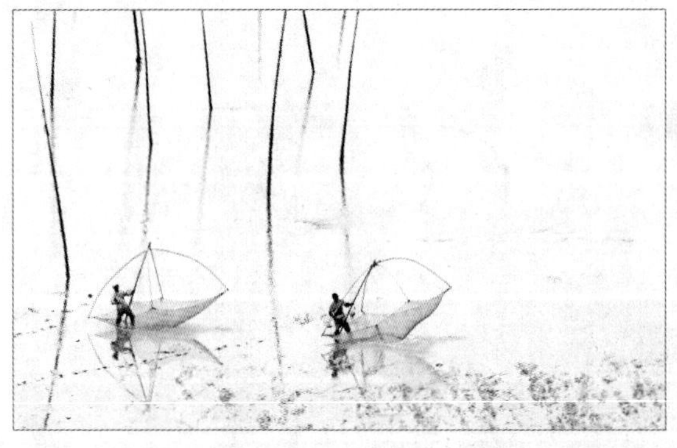

图 50　霞浦拉网小调

霞浦行诗记

摄影同仁霞浦行，长枪短炮形似兵。

清晨围江拍红日，傍晚畅游雨中情。

沙江围栏薄雾轻，构图对焦瞄不停。
小皓山腰瞰滩涂，摄者飒沓如流星。

东壁海边孤船影，飞腾潮汐浪涛声。
福鼎八尺门围网，牙城晒网弄精神。

杨家溪里雄鸡鸣，古榕树下农夫行。
雾里回首田园远，弹指岁月不曾停。

下青山前风浪平，唤君共赏渔排亭。
水上人家今古事，万石溪头看月明。

临返之前趣味兴，身背装备斗轻盈。
爬到北岐悬崖岸，未开微雨半开晴。

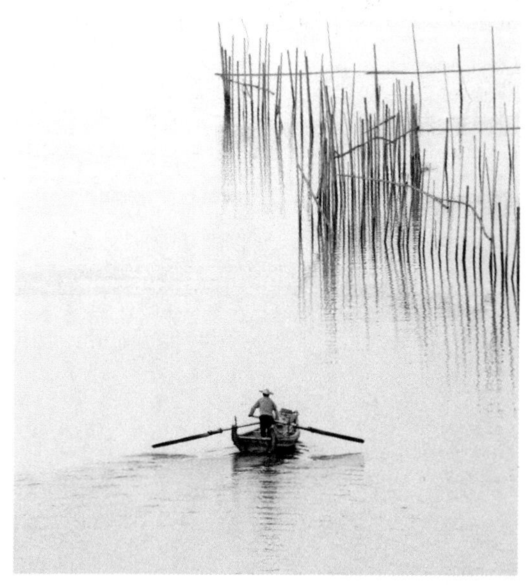

图 51　水湾一只船，乡心到眼前

写文此刻夜已静，心如碧波漾漾盈。

旖旎风光镜中景，兼收快乐与友情。

秋游

闲来邀友近郊游，红叶黄花草唤秋。

日暖阳坡回首处，流年似水不停休。

图 52　笑捻黄花，闲寻红叶，故人何处

草原梦

许久未做梦
做梦　梦到了草原
清风拉拽着衣裙
顽皮地吹乱了我的长发
长发遮住我的双眼
一群野花在嗤笑

许久未做梦

做梦　梦到了草原

久违的芳草味穿心脾

我醉晕在白云飘过的地方

白云在蓝天上变幻着身姿

轻盈地跳着舞

许久未做梦

做梦　梦到了草原

羊群散漫地溜达在山坡上

似珍珠洒落山野

山坡下几头壮牛

慵懒地卧在溪水旁浅笑

许久未做梦

做梦　梦到了草原

天高地阔心放空

图 53　呼伦贝尔草原

放空中一匹马

披着夕阳的余晖

欢快地跑进我的镜头

红叶红了的时候

红叶红了的时候

摄一片红叶入镜头

定格瞬间

人在天涯万里游　枫国乱叶已报秋

红叶红了的时候

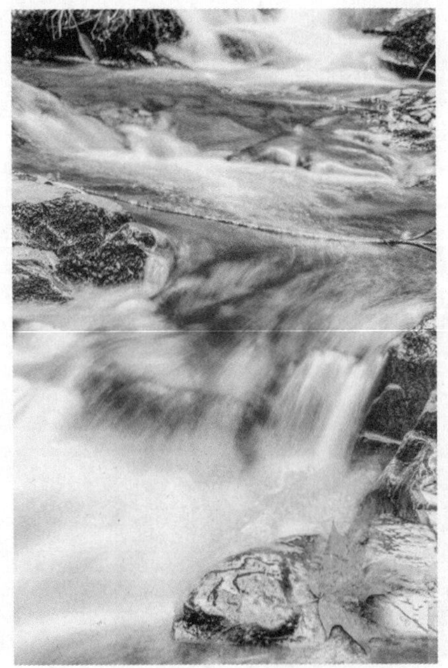

图 54　加拿大洛朗山区

拾一片红叶绕指柔
旋捻低吟
叶似凝愁转瞬休　人如浮云影不留

红叶红了的时候
摘一片红叶做小舟
顺溪而下
人生虽异水同流　随性闲诗任笔酬

觅

坐车
朝日杲杲路浩浩
奔赴京津冀腹地白洋淀
去寻找
寻找当年
电影里小兵张嘎的风采
找到否？
在嘎子村

登船
斜晖脉脉水悠悠
驰骋纵横飒索蒲苇荡
去寻觅
寻觅当年
硝烟中雁翎队员的英姿

图 55　素手莲花

找到否?

在纪念馆

漫步

柔绿幽幽花点点

闲拨芳草对荷而坐

去寻思

寻思当年

记忆中一切菁华岁月

找到否?

在莲心里

图 56　京郊玻璃台

秋游玻璃台

断长城

秋风寒颤黄花，暮鸦回翔残霞。
旧墙斑驳苍龙，断垣霉苔影下。

东指壶

兄弟姐妹八个，悬崖顶上漠坐。
一川落日熔衣，东指壶里叶落。

一线天

绝壁裂开一缝，光阴悠悠而过。
吾今崖底看你，它日谁又是客。

也许

也许
坐着列车
慢慢地，逐渐地靠近你
拉萨
也许就没有缺氧的高原反应
因为
我是飞来的
见到你后不久就头痛气息短
但至今没有后悔
听人说
高原反应也是西藏的一部分
没有反应
等于女人没有经历生孩子的痛苦

也许
双手合十
慢慢地，虔诚地靠近你
布达拉宫
也许就能进一步揭开宫殿的神秘
因为
我站在酥油灯前
随攒动的信徒迷惑在金碧辉煌中
但至今没有后悔
听人说
闭目在经殿的香雾暗影里

心中摇动着经筒
会听见佛诵经中的真言

也许
挪动脚步
慢慢地，神圣地靠近你
纳木错
也许就知道了天湖比想象的更蓝
因为
我坐在远岸
佝着头地转天旋地吸着氧气
但至今没有后悔
听人说
转湖念经一次胜过平时朝礼
那时脑海里
转湖念经十万次应该是其福无量

也许
穿的暖些
慢慢地，绮丽地靠近你
卡若拉冰川
也许站在五千多米的地方会更挺拔
因为
我站在五色经幡间
风动幡动轻薄的衣袂也在动
但至今没有后悔
听人说

既非幡动亦非风动

乃尔心动也

心不动天下万物皆静止

也许

伴着歌声

慢慢地，欣赏地靠近你

日喀则

也许会深深切切体会歌的意味

因为

多年来

一直畅想着韩红的《家乡》

但至今没有后悔

听人说

牛羊满山坡那是因为“菩萨”保佑的

那里有扎什伦布寺

雄鹰展翅飞过美丽河水泛清波

也许

穿越大峡谷

慢慢地，惊喜地靠近你

雅鲁藏布江

也许蒙尘的灵魂会游激飘荡

因为

美丽的林芝

雅鲁藏布江从这里经过

但至今没有后悔

听人说

天上有一条银河地上有一条天河

清清的江水

从心间淌过可涤净凡尘冗杂

也许

继续回放

慢慢地，慢慢地靠近你

西藏

也许疲惫的心渐渐得到释放

因为

痛并快乐之游

如人生痛苦释怀的恬淡

至今没有后悔

听人说

有一天是否还要重历

图 57　西藏组图

唵嘛呢叭咪吽
也许会再次投入你的怀抱

风景在路上

风来了
云来了
霏霏细雨敲打着车窗
黄叶飘飘
阳光从云层中露出笑脸

牛来了
熊来了
白屁股的小鹿站在路旁
小狐狸细眯妩媚的双眼

图 58　美国西部途中

引来车里一阵骚动

山来了

水来了

树林里小木屋在捉迷藏

大地晕染着秋的色彩

飞驰着光与影

音乐来了

笑声来了

美国西部的摄影游

起得比鸡早睡得比牛晚

只为了心中的那份美

第五篇／忧思

处在静谧的星空里，
常常思绪遄飞，
因为离别的苦痛，
唤醒铭刻于心的忧思。
祭奠三杯。

/ 纪念墙中的小妹在哪里？ /

10月5日，我参观了唐山地震遗址公园，公园内最引人注目的是地震罹难者纪念墙，黑色大理石的纪念墙，整个长度为300多米，上面镌刻着地震罹难者名单和纪念碑文。1976年7月28日，河北唐山发生里氏7.8级地震，造成24万人遇难。

深秋季节，高大的地震罹难者纪念墙庄严肃穆，镌刻着罹难者姓名的黑色大理石墙面反射着秋日暖阳的光辉，似乎在默默地向人们诉说着什

图59 时钟永远停留在这一刻

么，墙下面的石台上被祭扫的人们摆上了寄托哀思的鲜花。

中午的阳光浓烈的照耀着，泛着白灿灿耀眼的光芒，仰望着黑幽幽厚重的纪念墙，用黄色雕刻着的罹难者的名字，显得特别醒目和耀眼，射入我的眼中，流出点点泪花，模糊了双眼，用手抹去泪珠，仰望着，默祷着，寻觅着。

纪念墙太长了，罹难者太多了，在茫茫地纪念墙罹难者人名中寻找一个人，太难了。举起相机，我所处的位置，纪念墙无论如何也不能全部收进镜头里。

地震后的小妹，你在哪里？地震墙中的小妹，你在哪里呀？我已经找寻了你整整33年了，我苦苦寻觅着，把心中的苦楚和思念全都寄托在这沉重厚墩的墙上。

我是7.8级唐山大地震的见证人和幸存者，悠悠岁月过去了整整几十年，唐山发生翻天覆地的变化，一座新兴城市在冀东大地上已经崛起，宽宽的公路跑着一辆辆名贵的车，排排的楼房里住着幸福安逸的人们。

想起1976年7月27日晚，我和小妹在院中玩耍，那时的小妹在我们所住的街区是一位有名的小美人，是个小精灵，特别聪明伶俐。记得那天夜晚小妹站在小土堆上，面对着我，看我的眼睛闪闪发光，犹如夜空中的星星深邃而耀眼，触动心魄，使人发怵。后来想想，是否是小妹临走时的前兆信号。

7月28日凌晨3点42分53秒，大地惊天动地地摇晃着，在不断的余震之中，在断墙碎瓦玻璃裂声之中，在犹如鬼哭狼嚎的叫声和沥沥小雨之中，我从倒塌的碎砖乱瓦中爬出。父亲被水泥板砸折了腰，母亲被房梁压断了胳膊，小妹就趴在母亲的肘腕下，是母亲准备救她抱她时，压在了下面。被扒出的小妹，小脸青紫，鼻孔里堵满了凝固的血，一动不动地躺在冰凉的水泥板上。母亲断着胳膊凄惨地哭叫了几声小妹的名字，当时的我傻了，不会哭，只是怵怵地呆看着，地震后情景非常惨烈，到处尸横遍野，令人惨不忍睹，邻居家5口人全部罹难。唐山幸存的人当时都不会哭了，因为家家有灾难，几乎家家失去了亲人。

后来，听母亲说，小妹在她的胳膊下面只是轻轻地哼了一下，就静静地走了。由于父母乘飞机到外地治疗伤情，小妹就被叔叔埋在了附近的公园里，过了段时间，政府怕有疫情，解放军就把埋在市内罹难者全部移出迁走，装入卡车中拉走了。据说，罹难者被统一埋在城外边远郊地区的一大坑里，撒一层白灰放上一层人。那时年龄小，埋在哪里就不得而知了。

多年来，一到清明节，许多家庭只能在街头巷尾的十字路口，烧烧纸来怀念失去的亲人。厚厚的纪念墙建在城市的南边，周围是风景优美的南湖公园自然风景区，唐山人民把浓浓的哀思寄托在这沉沉的墙上，摆上鲜花，默祷几声，以此来释放思念的情怀，悼念失去的亲人。

可惜，因有事匆忙离开，这次没有找到小妹的名字。也许小妹在躲藏着，幽怨着什么，因为几十年她一直就没有走进我的梦中，我也不愿对外地好奇者过多地谈起小妹。也许根本就没有在上面，因为纪念墙还未镌刻完成，几十万罹难者的人名，已经不完整，墙上有的只用大丫、二丫作为失踪者的代号，也许是登记时是邻居凭记忆所讲，只知道小名不知道大名。有的是某某之妻、之子、之女，这也许是全家罹难者，只用户主的名字来代表全家的姓氏。纪念墙上的人名犹如灾后人们的家庭、灾后人们身体（残疾人）、灾后人们心灵一样变得支离破碎，残缺不全了。几十万的罹难者灵魂，几十万消失的活生生的生灵，不会

图 60　老人在寻找女儿的名字中时遮阳帽忽然滑落

很快就镌刻成功的，需要用很长很长的时间来完成。

小妹就像一颗流星，在我们身边停留一下，就匆匆消失在夜空中，再也见不到了。小妹，你在哪里？我们很想念你，几十年了，你的音容笑貌虽然已经逐渐模糊，但感谢你曾经来过，给我们带来笑声，带来歌声，还清楚地记得你小小的年纪，小手倒拿着报纸，一本正经地给大家念毛主席诗词：

小小寰球 / 有几个苍蝇碰壁 / 嗡嗡叫 / 几声凄厉 / 几声抽泣 / 蚂蚁缘槐夸大国 / 蚍蜉撼树谈何易 / 正西风落叶下长安 / 飞鸣镝……

/ 纪念墙中的小妹在哪里？（续）/

前天，故乡的妹妹和妹夫又去观览了纪念墙。他们通过侧旁工作室中的计算机，查询到了小妹的名字，确定了大致区域。然后，他们走近纪念墙，细细寻来慢慢找。

叮零零……，手机响了。

“姐，小妹的名字在墙上，第三组 A 正面编号 3–895，位于第 3 列第 9 行位置，向太阳的一面，小妹名字就镌刻在上面”。

天呐！小妹终于找到，几十年生死两茫茫，小妹不是在人间，而是在厚重的纪念墙上。

装满几十年哀思的花篮，轻轻地放在她名字前。寄托无限思念的几十条红鳟鱼，默默放生在碧绿的湖水中。

3A 正 3 列 9 行，这是小妹名字的位置，用心搁置在手机备忘录里。存入后过去 2 分钟，突突震动的手机提示音，忽然令人心怵地响起来，莫非是小妹来问候。

不经意间一闪念，一颗流星在脑海中划过。泪眼迷离字模糊，在心底密匝的疼痛里，叹她短暂的一时刻，叹她灿烂的一瞬间。

孤墙星寒水冷，又是天凉月夜秋，墙上的小妹不孤凄，几十万名字相伴不分离，待到忌日我们再去看望你。

我用几十年的时间来寻找你，找到时你早已离去。我又用几十年的时间来忘记你，忘记你时我也要离去。

最后，引用下段语句来慰藉几十个春秋的哀思。

默哀三分钟后我说了什么

——康辉

为了数万个在瞬间集体陨灭的生命，华夏山河呜咽，神州大地悲泣，悲伤的泪水，汇流成河。这无尽的悲怆，这一声声汽笛，这长鸣的警报，是我们对所有逝去同胞不舍的呼唤，是我们对所有遇难亲人不忍的告别，是整个民族无限的痛楚和创伤……

举国的哀悼不仅是对死难同胞生命的悼念、敬畏和尊重，也是对生者的精神慰藉。我们为哀悼低下头，我们更要为战胜苦难挺起胸！

/ 打扰你们了 /

在玉树公安局倒塌的三层楼房中，一个小女孩在被埋 12 小时后成功获救，面对给予自己第二次生命的搜救队员，她一句“打扰你们了”感动国人。

——2010.4.16 北京青年报

打扰你们了。

这是怎么了，地震好似瘟疫，在神州大地中传播。电影《2012》虽说是被艺术加工成一个不祥的预言传说，但种种恐怖征兆的不断骚扰又让我们瞠目结舌，嘘唏不已。

2008 年 5 月 12 日汶川大地震，其噩梦般的阴影还未消退，其亡者灵魂还未消歇，其悲伤之情还未消化，2010 年 4 月 14 日地震又在撼动玉树，悲恸玉树。

汶川倒塌了，十万多生灵瞬间消失殆尽；玉树撼动了，上千死亡失踪的人数仍在不懈地增加。

大地的一个喷嚏，足以使地面上无数渺小的生灵无奈地消失；大地的一个激动的打扰，世间上的万物顿时夷为平地。

玉树震后的夜晚，寒气咄咄逼人。被困 12 小时的姑娘获救了，面对搜救队员们，她一句，“真的谢谢，我打扰你们了。谢谢，谢谢，我一辈子都忘不了”。为难之中被救姑娘不忘谢恩的视频在大地播放，感动了周

围万物，也感动了全中国。她被抬出来后，又非常在意地整理自己的衣服，说让我把衣服拉好，灾难之中仍不失仪表，被人们传颂为知恩、文雅的震中女孩。

打扰你们了，谢谢！

玉树姑娘，我们确实不需要这样的打扰，这样的打扰场面太残酷，情景太悲凉，我们心很痛，很受伤；

打扰你们了，谢谢！

玉树姑娘，我们确实又遇到了这样的打扰，天地无情人有情，我们心在流血，手在流血地拼命寻找，搜寻一丝丝生的希望，搜救一个个像你一样需要打扰我们的同胞；

的确，我们不需要打扰，无论是大地的发怒，海洋的发威，大自然的发飙，以及与之对应的人类无助的呼救，绝望的呼喊，因为这样的打扰太惨重太悲壮。

同样，大地也不喜欢我们打扰，无论是疯狂的掠夺攫取，还是无度地滥用挥霍，因为这样我们等于毁掉我们自己。

真的谢谢，我打扰你们了。谢谢，谢谢，我一辈子都忘不了。

/ 灰色的巧合 /

——舅舅的两次眼泪

黑夜淡去，晨曦如烟，周而复始又一天，虎年的脚步默默地向前迈动，牛年的脚印已悄悄向后隐入远方。

今天，晨雾薄稀弥漫，天气阴凉灰蒙。突然感到，时光如银梭，上下翻飞编织着各式颜色如网的生活，在这个世界上灰也是一色调，它不时地在调剂着我们的喜怒哀乐。

灰濛如银浩瀚的天空笼罩着灰濛茫茫的大地，把世界漂染得一片混沌如梦。排排灰色的楼房默然耸立在路旁，颔首垂目默默无语地鸟瞰一切，堪有贵族气息的灰色轿车在公路上簌簌地穿行，车内之人或许穿着银灰的西装，却伴着灰色的心情，缠绕着忧伤和哀愁的气息，冥想着一切生活的过往，吟唱着一首暗淡如灰的歌曲。

这里所讲的不是格林童话中虚幻的《灰姑娘》故事，它是一个真实和蹊跷的灰色巧合。从朋友格致带着灰色的心情，用灰色的语调，幽幽地讲给我的人生如歌中的一段小插曲。

格美、格致、格桑和格珊是姐妹四朵花，长得年轻漂亮如花似玉的相貌，她们没有格家有女初长成、养在深闺人未识的顾虑。长大后逐个如愿出嫁，犹如水到渠成般地顺利，找的老公也似金龟婿。

格美嫁给一位律师，格致嫁给一位军官，格桑嫁给一位医生，格珊嫁给一位铁路车站的站长。时隔不久又都顺理成章地相继各生了一个虎头虎

脑可爱的男孩，可谓是幸福生活如烟花般绚烂多彩。

飒飒东风细雨来，芙蓉塘外有轻雷。春天来了，春节到了，十多年前的一个春节，人们带着喜悦祥和的笑容，走家串户地贺岁声声不止。格家的八方亲戚都来到了其父母家拜年，她们的舅舅一如往常也到了，大家聚在酒席旁推杯换盏欢声笑语，酒过三巡菜过五味，不知不觉舅舅就喝多了。

缄口默言佝头敛目一阵之后，突然舅舅的泪犹如江河瀑布般倾巢喷出，一边絮叨一边抹鼻涕眼泪，大家惊惑了，忙问缘由，舅舅为什么要哭呀?!

舅舅说，“外甥女和女婿们，各个很棒，但瞧不起我这个穷舅舅了”。

格致当时想，我的天，天地良心，日月可照。俗语说得好“娘亲舅大”，舅舅就是我们的亲人，哪敢瞧不起他呀。经过百般解释和安慰，舅舅的这场流泪事件才平息下来。

她事后猜想，舅妈是当地有名的多心之人，也许去舅舅家拜年时，无意中的言谈举止刺激到了她，与舅舅唠叨，导致舅舅借着酒量，把心中的郁闷伴随着眼泪一起流了出来。

日月交替轮转，寒来暑往变迁，格家姐妹的婚姻家庭也发生了变化，四姐妹中有两姐妹离婚了，格致就是其中之一。

岁月悠悠，爆竹声中一岁除，春风送暖入屠苏。十余年后的一个春节又到了，格家一年一聚互拜互访的风俗一直没有变，只是酒席中陪伴舅舅男客人寂影稀，少了两位女婿节日气氛明显地冷清了。又是在推杯换盏祝福声中，舅舅的酒又喝多了。

相同的场景，犹如过电影似地重演起来，舅舅泪如雨下地一把鼻涕一把眼泪地诉说，这次的缘由不是看不起他，而是替他的亲姐姐的孩子烦忧。过去那时多么美好，现在的此时多么稠愁，两个外甥女形单孤影揪出了他的眼泪。经过一番劝慰后，泪水停止了。

是命运的捉弄，还是事件的巧合。舅舅的两次眼泪，泪水的情感和涵义却不同。遥想着十余年前的春节，当幸福如花四朵皆艳时，他哭了，鲜艳耀花了舅舅的眼，哭自己貌似的低微，哭莫须有的缘由。十余年后的春节，当幸福如花两朵暗淡蔫黄时，他又哭了，蔫黄又灰暗了舅舅的眼，哭自己的外甥女中两个孤单形影，哭命运多舛的人生。

格致幽幽地对我讲，什么是命，这就是命，当初不理解，可是经历了，见证过了，回头想一想，就知道了。

人的命运是多变的，她说，有点幽怨舅舅的哭，他十余年前的那大年初一莫名地好似不吉利地一哭，把外甥女的苦哭来了。从他哭过以后，恰巧姐妹的婚姻就江河日下。她也很淡然他十余年后大年初一的这亲情忧愁地又一哭，泪水再多忧愁如丝也无法重现当年的幸福情景。是上天的安排吗？为什么这么巧合？！

我没有劝她，只是轻轻搂一搂她消瘦羸弱的肩，对她说一句，这就是生活，这就是命，就是上天的安排。

岁月悠悠，一切的一切，美好幸福的，灰暗忧愁的故事，都会随着时光的流逝而灰飞烟火，岁月的灰尘太多，会把人的心搞得百念皆灰而枯体灰心，最终会埋葬在由灰尘堆成的黄土中。

隋朝的智顗《四教仪》，“若灰身灭智，名无余涅盘”，指断除一切身心烦恼，为小乘阿罗汉果的境界。人若真得到了灰身灭智的地步，就不会有眼泪花花了。

/龙去龙又回/

清明季节，淡淡的浅灰色的天空下，白灿灿明晃晃的阳光，如碎银般地撒向灰黄的大地，龙驾驶着汽车在灰色高速公路上穿梭驰骋，飞奔在回乡祭奠亲人的路上。

北方的此刻，路旁的树枝还未呈现绿色，只有田野上几厘米高的簇簇麦苗泛着青，迎风摇曳。

车在阳光缝隙中飞驰，路旁的树木抛向后方，喜鹊窝一个接一个突兀在树杈间，但却一直未见一只喜鹊飞翔的踪影。

行驶了 352 公里的路程，四小时后终于到了老家，龙回来了。

第二天，蜿蜒曲折的田埂地挒边，是陆陆续续上坟的人群，手里拎着装满冥纸和祭奠物品的篮子。

并没有坟头，只凭亲人的记忆，摆上纸钱，浇上几杯烧酒，点上几颗香烟，撒上几块蛋糕，燃上几卦鞭炮，以祭奠亲人的亡灵。

天空广袤，山峦巨大而荒蛮。田野里，一半是黄黄的土地，没有耕种，一半是青青的麦苗，给黄土地抹上了丝丝生机。

背后不远处，列车从隧道中探出头在阳光中呜咽，吐着烟雾慢慢驶过。快速列车的时代，很多小站不停了，只有这趟贯通山西、河北的慢车线路保留了下来。清明这几天，为了人们回乡祭祖特意加了几趟往返班车。

龙是母亲在四十余岁、父亲近六十岁时出生，在秀美的家乡生长，长大了，从“等妈妈回来”的孩子到妈妈“倚门望子”的浪子，飞出了家乡，飘到了远方，一年或几年才能回返家乡一次，随着时光的飞逝，家乡的面貌变化了，老一辈的乡亲们，也逐渐埋进了生养他们的泥土里。

过去了的过去，好似一幅泛黄的旧电影，颜色灰暗，灰到以为是别人的事情。回忆像一把柔软的稻草，把斑斑土锈擦掉，渐渐让它呈现出天高云淡般的旧事。

岁月悠悠，仿佛看到了十多年前。

一位瘦小枯干的七十岁老妈妈，拄着拐杖，颠着小脚，浑惑的头脑中只有盼儿思归的念想。龙春节探亲时，被乡亲们告知，勤回来吧，你的妈妈每天走过街口，踏过田路，穿过小桥，站在铁路旁，手搭莲蓬，眺望着停靠站列车里走出的人群，目送着列车远去的背影。口中默念道："龙儿，龙儿，回来了吗？回来吧！"

八十多岁不善言语的父亲，平日硬朗擅长舞拳弄棒，却得了脑血栓，半身不遂，说话困难，作为儿子的龙陪伴了半个月后，不得已要远行离开。

终于要走了，临行前，病榻上的老父亲，突然用那只能动的手拉过龙的手，紧紧压在他的胸口，又费力地拽在嘴边亲吻了一下，两滴眼泪旋即从他皱巴巴的脸上安安静静地淌下来，像山间青石一般，安静得没有一点儿声音。然后示意地 挥手，去吧，走吧，去闯你的天下去吧。

龙走了，走得很远很远，出了国门才一个星期，老父亲为了不麻烦别人，咬紧牙关不吃不喝地挨着，任凭旁人劝说无动于衷，最终绝食地去了。人的一生，从不知道死亡到最后为了儿女坦然接受死亡，这个过程，使生命逐渐饱满。

第二年，体弱多病的老母亲也寻觅着隆隆的列车声走了。

二老的离去，龙都没能及时赶回来，年迈略显迟缓的老母亲唯一的寄托是日日盼儿归；病中的老父亲为了龙的腾飞，切断自己这个影响龙的前程的羁绊，毅然决然地在病中绝食而去。

龙儿回来吧，母亲望眼欲穿地在心头呼唤；

龙儿回去吧，父亲毅然决然地也在心头呼唤。

父母想念子女就像潺潺流水一样，一直在流，未有尽头。而子女想念父母就像风吹树叶，风吹一下，就动一下，风不吹，就会一动不动。

阳光灿烈烈地，晃得眼生痛，泪花随着光线在泛光。远处传来活着的人嘤嘤哭泣声，跪拜在黄土地上，入乡随俗，前赴伏地磕了三个头，挂了一身的烧纸味道，迈着膝盖以下裤腿皆是灰土的脚步，神情凝重地穿梭在田间地拢旁。

世间总是在周而复始，心却在一霎时老去了。一生的时间很短，抬头看，只是几个瞬间，一瞬的时间很长，低头想，一生一世难忘。

一堆堆的褐灰色烧纸烟灰，一堆堆的哀思和寄托。一堆堆的冥纸随着乱跳的火苗起舞，红红的火苗将人们眼睛熏染得泪流满面，烟雾缭缭绕绕随风飘向田野，飘向灰灰蒙蒙的天边。

年年清明纸火依旧，泪水依旧，烧透的纸灰飘飘然飞上天去，红红的火光照亮人们浑浊的泪水。烧透的纸灰鸟儿一样飞上天去。烟雾里的世界，恍惚而神秘，那里也许有我们不知道和想知道的一切。

人的一生可能平平淡淡，可能贫穷落魄，可能跌宕坎坷，可能位现跋扈。但这又如何？人终其一生，不过一抔黄土，一段烟云。

十年生死两茫茫，不思量，自难忘。

灰飞泪飞思念飞，阳光也在飞。安息吧，故人们。

阴阳两界，天灵灵，地灵灵，人灵灵，魂灵灵，月光灵灵照着今人和古人。

愿你们在那方，保佑在这方——阳间人们，有一个安稳的人生。

暮色四合，龙又回返了。汽车又在高速路上风驰电掣地飞，视野里排排树木依旧后退，退到了它的应该在的位置，阳光还在飞，渐近逝远地飞向天的西边。

渐渐地，渐渐地，龙又涌入了繁华的城市人流，融入了由钢筋水泥组成的城市。

清明时节雨纷纷，今年4月5日清明，又是小雨纷纷，京城雨夜温软，丝丝细雨飘飘洒洒，顺势爬满了车窗，为了能看清前方的一切，为了前面的路程，雨刷在不间断地无情滑动，大片大片的雨滴不情愿地缓缓滑落在车轮下。

图 61　泪眼问花花不语

天宫上的龙向人世间撒下雨滴，浇淋着今人，也曾浇淋着古人。天公在哭，大地万物马上洇湿了一片，城市的灯火辉煌在雨中眨着泪眼闪闪烁烁，漆漆黑黑的夜空不断地在耸立的高楼间探头缩身，一颗一颗星星已经好久没有眨眼了，天空被一片漆黑所遮盖。

星星已降落在人世间，变为闪烁的一片灯海，点缀着城市的每一个角落，角落的星星又是哪位故人，哪一位故人在冥冥之中眨着眼睛，迎接着龙的归来。

在日月的轮回中，龙仍然往返忙碌。萨特说：我活着是因为我已经开始活着了。

很喜欢《梦中的额吉》这首蒙古语歌，额吉即母亲，歌曲表达的是离家的孩子想念远方母亲时的无限深情。

一个 13 岁的鄂温克族男孩子，他演唱的《梦中的额吉》虽然带着些许稚嫩，却忧伤而辽远，如同深沉的呼唤，温柔地引领我们感受那片梦中的草原。歌声在“茫茫大地无声无息、心中浮现母亲在祈祷”中穿行，令人动容。他用他那没有污染过、纯真的声音深情歌唱，相信有更多的人会被他声音感染。

梦中的额吉，用圣洁的花露当茶让您先享。在您的眼中，我找到了安详的眼神。您的儿子从梦中惊醒，快来吧额吉，您的儿子从梦中惊醒。快来吧额吉，乘着梦中的银鸟我飞翔在天边，梦见您带来了瑞兆的幸福。您的儿子这就来，等着吧额吉，您的儿子这就来，等着吧额吉。

/黯淡着我的暗淡/

今天休息，没听见浓睡觉来莺乱语，却见瑟风愁起阴蒙天。

窗外是灰蒙蒙黯淡淡的天空，一股寒气逼人的幽冷漠漠慑入眼睑。周遭充盈着凄惶惶的气息和冷悠悠的情调，屋内犄角旮旯也浸染着黯黯的淡影，昏暗的光线羸羸地照着，底气不足弱弱地明晃着。

我穿着一身休闲棉服在暖气不是很足的房间内游动，感觉一歙歙冰凉在手背脚面上攀附，冰心凉胃，令人毛耸身缩，想蜷成一团绒球在房间中滚动，寻觅着一丝丝温暖袭身的念头越来越强烈。

伸手打开电褥子开关，蜷缩在床上的被窝中，膝盖上倚歪着笔记本电脑，房间内没有日光灯的照射，阳台窗户透过来的光线，虽然灰得浓稠，弱弱的黯光，也成了一种难得的光线，笔记本电脑屏泛着幽莹莹菜白的光亮，映衬着我的脸苍白而无藉。端起床头柜上的一个茶杯，抿了一口热茶，心口感到了一股暖流缓缓而过。

天气的黯淡灰蒙罩着灰茫茫楼群也是静悄悄的，偶尔传来几声小鸟觅食的啾唧声，远处巷尾隐约传来好似收废品的叫卖声，为了生计在黯淡无光的灰色天空下游走徘徊着。公路上的汽车引擎声时断时续地飘来，和着墙上时钟的嘀嗒声的节拍一起灌入耳膜，证明着时光正在悄然流逝。

北方的十二月，大雪的节气，寒风凛冽，到处呈现一派天寒地冻的景象。如果没有温暖光亮的太阳照耀，阴阴的天气，预兆着雪要到来，天气暗暗的，心里也是暗暗的。这种黯淡和黑夜那种暗是有区别的，它很容易使人伤感，令人想起那些容易忧伤的事情和人物。

这几天，单位免费为职工体检，体检表、化验单等已发到手中，这件事是单位关心关怀职工的体现。关注职工的身体，做到早发现早治疗，有病治病，无病防病。

但我的心情并不是很好，黯淡的阴云隐隐漂浮在脑海里。在体检的同时，心里有种恐惧和担忧在里面，如果真的有病，那又能如何，知道得早些也许治疗的早，但如果得了该死的病知道得早也许就死得早。这种例子并不是凭空臆造，也并不是心血来潮的乱想。这种例子时常发生在我们的身旁，电视上的，报纸上的，杂志上的，本单位的。近的远的，认识的不认识的，亲的不亲的，比比皆是，每年都有这种事情在身边发生，每一次都像是诡秘的丧钟一样在耳边敲响。

有时很是纳闷，区区千人的单位，为什么年年有一二个人得癌症呢，虽然有的发现得早，暂时得到了控制，但也是刮皮清肉，化疗放疗地要经过一次次下地狱似的痛苦治疗后，来暂时延缓了性命，保住了能够呼吸、生活在这个世界上权利。

这个世界怎么了，为什么会怪病嶙峋，英年早逝不鲜。疫病或臆病，癌症或艾滋病等，这些恐惧的魔影时常在我们身边游荡，也许正狰狞地站在我们的身旁，时刻窥视着我们的躯体，肆意侵吞着我们的灵魂。或是早已蛰伏在我们的体内伺机发作，准备以饿虎扑食般地一点点侵蚀着我们的血肉，无论你如何挣扎，如何抱有希望，都会无济于事地直至死亡。

灰蒙的天空暗浮尘埃微物，使我们吸进来的已不是清新的空气，也许就是毒气沼沼。色味俱全，口感怡人的食物很容易入口，吃进去的已不是天然食品，也许就是美味的毒药。

小河时断时续流淌着黑水泛着白色泡沫，怪味不断刺激着人们的鼻翼。嘈杂的市井，刺耳的高分贝随时随地灌入耳畔，已经紊乱着我们的听觉。不得安宁杂乱的诱惑，时刻侵扰着大脑强烈地思维着，搅动着我们的已经满负荷的心脏失常地跳动。污染、压力所造成的后果正在警告着人们

麻木不仁的心，同样慢慢吞噬着人们身体。

单纯的世界已经被人们搞得不再单纯，人们的心灵也就复杂多变迎合应付着。人的身体自然就不得安宁躁动着，时刻处在患得患失的状态运转着。有一天，身体已无力抵御着来自外界的侵蚀和抗击，所以，崩溃了，垮掉了的事情就是一种常态了。想想看，怎会有一个安宁舒适的身体来伺候着你。

呼吸着，调节着，和着时代的节拍跳动着，以免被这个时代所抛弃。呼吸着，调试着，契合着和谐的韵律，奢望明天更美好。呼吸着，调和着，黯淡的心情和暗淡的天气相触时，用平和的心情当佐料，来调和成一杯明媚缭绕的温暖阳光。呼吸着，调动着，与忧伤担忧阴郁的心情较量和抗争，争取健康快乐的心境。呼吸着，生活着，就这样随其自然地一天天过往着人生。

黯淡的天气带来暗淡的心情，暗淡的心情也许会随着明天的阳光照耀渐淡渐远。但也许会随着天气的再一次黯淡，心情再一次暗淡下来，蜷缩在黯淡的影子里，再想起那些发生在身边的那些暗淡的事情。记得纪伯伦的一句话：“我是烈火，我也是枯枝，一部分的我消耗了另一部分的我。”

生活就是这样，只要能呼吸，就会随着日月星辰周而复始地运作而生息。生活本来就是这样，如同月有阴晴圆缺，花有盛开凋零。我们就这样地生活着，累了疲了，便把身体倚在某支撑物上，眯着眼望着前方自言自语，前方的路到底还有多远？待稍息休整后，就又奋不顾身地去追逐生活的足迹。我们这样生活着，感知着自己的顺畅或哽咽的呼吸，延续着自己黯淡或明媚的生活。

/ 魔戒 /

以前，有一部被封杀的电影叫《色戒》。现在，我要拽出心中的一部电影——《魔戒》，咬牙切齿地要封杀它，但柔弱无助的我却身单力薄，无可奈何看着这只恶魔任其无所不能地来屠戮我们的姐妹。

这是条色魔，非常钟情于女性。近几年来，这个魔怀着难以捉摸的意图蹲在角落里，如果你弯下腰去看它，而它发现被你发现了，它就会蹦起来，不断地在你身边绕来绕去地骚扰。这个恶毒沉默的坏蛋，它不想被你压碎，而想受到你的滋养，直至把你的气息吸干。

它的影子和谁的身体相重后，就会无情地把那个人的身体蹂躏残害到奄奄一息，轻者致残，重者要命。侥幸致残者也要经过炼狱般的挣扎治疗后，才勉强保住这羸弱的生命，把美丽的面容哭成一团皱纸，咀嚼着灾难之后的苦果，用心修正自己的残缺之姿。

这不是我杜撰或虚拟出来的幻象，这是亲眼看到无奈的事实。魔，啃掉她们美丽的乳房，捣毁她们温暖的卵巢，吸吮她们沸腾的血液。

几天前，又听到Z被魔抓到了，为了保全性命，她丢掉了一只乳房。惊呆的同时，心继续悲凉透骨。多么好的同事，那么有责任心，那么平易近人，那么漂亮能干，但难逃厄运魔爪。

举起颤抖的双手，心痛地屈指暗算，近七八年来，竟然有十多位姐妹同事遭了殃，多数是被刮净切除了乳房，少数已经陨了命。熟悉或不熟悉的，年轻或中年的，医生或护士，正是好年龄事业成熟家庭顶梁柱的阶

图 62　万千魔障，他事如今都罢休

段，就这样在治病救人的同时却难保全自己，只能无可奈何花凋去。

这世界到底是怎么了！？泪眼问花花不语，雨声催滴碎心声。为什么十几年前很少看见的魔影，如今却肆无忌惮地飘荡在身旁，犹如家常便饭，时刻露着狰狞的面孔，张着血盆大口伺机吞噬着一个个鲜活的生命。

心理专家对患者说，不要害怕阴影，它只不过意味着附近有光。但阴影多的罩住了我们的眼帘，眼前是黏稠的让人窒息的黑暗，张牙舞爪的魔在喧嚣的大地上正呼啸肆虐。

这个世界因为春天妖娆，因为绿草鲜香，而女人就如同那盛开其间的美丽花朵，妖娆的盛放着专属女人的妩媚花姿，倾诉着芬芳迷人的花香。为了你的妻子、女儿和母亲的微笑。请封杀这个魔吧——它的名字就是乳腺癌。

诗人约翰·堂恩写下一首诗："谁都不是一座岛屿，自成一体，每个人都是那广袤大陆的一部分……任何人的死都使我受到损失，因为我包孕在人类中，所以不必打听丧钟为谁而鸣它为你也为我而鸣。"

昨天，电视上，在日本地区，我们又看到了《2012》触目惊心的镜头。难道是大黑将至，穷魔乱舞的时代。谁会保证类似的魔不潜伏在你亲人的周围，谁又敢保证自己不是下一个魔抓取的猎物。作为凡人，我们会遇到最绝望的时候，丧失了理想和希望，但我们还是要坚持活下去，学会在黑暗中忍耐，等待命运的下一次召唤。

请封杀这个魔吧，我的脖颈上虔诚地戴上了佛的项坠。请封杀这个魔吧，人们正在自救地锻炼着身体。请封杀这个魔吧，百姓疯抢着绿豆等绿色有机食品。请封杀这个魔吧，许多人自嘲道，Live in this moment（活在当下）。请封杀这个魔吧，我们要宣誓：时刻准备着，为了实现消灭魔鬼而奋斗。

记得看过一句话，“上帝承诺会满足我们的需要，他会信守诺言的。当然，他不会随叫随到，而是在他有空的时候出现”。

/ 黑色的巧合 /

白：白天是明亮的，人站在暖暖的太阳底下，周身的晦气和霉暗都会被阳光晒透剥落。

黑：天渐渐黑了，整个城市灯火辉煌，霓虹流光溢彩。我为你讲述一个黑色的真实故事。

那晚十点多钟，夜空广袤，城市街景因月光而出现不可思议的色泽，不觉间驱车到一人声稀少、安静得有些诡异的路段。刚停滞在红绿灯待左转弯处，左侧路栅栏阴影里蜷缩着一团黑影，突然竖起移过近前，眼睛直勾勾地透过玻璃窗，盯着我看。然后，双手合在一起端于胸前，颤了颤，意味着要钱，我呆滞略迟疑了一会儿，她用枯枝手僵硬地敲敲车窗，就在她的诡目睽睽下我不自觉地取过副驾座的包包，掏出钱包，取出十元钱，落下一段车窗递了过去，她边接过边口中咕哝着，好似妹子是好人或是保佑妹子之类的低喃。

白：那只不过是一位站在路旁的乞讨者，白天经常遇到，专门在十字路口车等红绿灯的时候，在车外向司机乞钱。

黑：绿灯，马上踩油门左转消失在夜幕里，不知是那蹊跷的黑影，还是她的突然出现惊得我心口瑟瑟。边开车边思忖，那人矮矮瘦瘦的身材，头上包裹着黑烟色的头巾，黑黑暗暗的衣裤，微深陷却炯炯发光的眼睛，干瘪消瘦的脸儿，还有那理直气壮的敲车窗声，恍惚间感觉像是早在十多年前就已经去世婆婆的身影。

白：为什么突然出现翩然莅临呢，你得臆想症了吧？据说人如果碰上死去的人，对活着的人是不好的，但你给她十元钱这难就逃过了。

黑：草色遥看近却无。那个地方走过几次却从未见乞讨者，白天驾车从那里驶过，着意看看那个地方，矮矮的近半米的栅栏，根本不能遮住一个人的身影。是她故意堵在路口等着我吗？颇有点“他日行人遥指道，竹林深处赵公坟”的感觉。

白：据说，有种看不见的潜物质，藏在人们看不到的地方。平日里我们看到的往往是外在能触摸的物质，如房屋、花朵、雨水、笑容或叹息；还有些其他东西，情韵、气格、血脉、路的走向或坟地的居处阴阳，让人说不清道不明且又神秘多端。这些潜物质，会感到隐隐决定着什么。

黑：想起婆婆在世时，我们带着吃奶的孩子一家三口回婆家过春节，第二天大清早天刚蒙蒙亮，婆婆就拿着冲好奶的奶瓶等在我们睡的房门口，理直气壮地咚咚敲门，喊着要喂孩子牛奶吃，那种敲门声和那夜乞讨者的敲车窗声的节奏和强度是何等的相似啊。

婆婆一生多灾多难，六岁从遥远的山西被卖到河北农村，死了前夫，拉扯着儿子（老公同母异父的哥哥）生活，那时因为家族的不认可要把他们驱赶出去，她就带着儿子艰苦卓绝地打官司，儿子在那时又得了肺结核病做了大手术，她带着儿子耕田种地艰难地生活着，直至又嫁了人，有了另一个儿子（我的老公）。

婆婆一生身体不好，一直吃药不断，一次一条胳膊骨折了，在我家治疗了三个半月，我洗衣做饭洗澡擦身辛勤侍奉，婆婆伤好后回到家乡，逢人便讲，她的儿媳的好处。

婆婆好强能干，一生不输于别人，但到了临终那两年，却得了老年痴呆，每天拄着拐杖颠着小脚跑到火车经过处，呆望着，盼望着小儿子的归来。她去世时，我们都在异国他乡，待我们知道了消息，已经是几个月之后的事情了。

白：过去的一代人大多命运多舛一辈子，子女鸿鹄志在远方，自古忠

孝难两全。

黑：时间啊，真是摧枯拉朽，此去经年，家庭成员却发生了翻天覆地的变化，老公哥哥的二女儿长相极为漂亮但自小身体虚弱，在她奶奶去世后不久就变得神神道道，每天不言不语，颔首垂眉，不断地掉着眼泪哭泣，这样的状态一直持续了好几年，去医院检查也不知何故。我家儿子也是从哪几年开始，从一个乖巧伶俐的孩子变为异常过激叛逆，不听话地任自己所为，似有些强迫症，要想干什么事情不顾后果也要去干，脑子一直处于迷乱的不清醒状态。

白：曾记得有谁讲过，“如果孩子有什么缺损，一定跟你的所为无关，那是主的意志，知道你可以善待和珍爱这样的生命，才会放心给你。如果你不够好上帝也不会给你这样的生命，怕你不会善待他 / 她”。

黑：带着“我虽不杀伯仁，伯仁由我而死”的内疚，一到忌日或清明节若不能回去，就买来纸钱等物摆在路口燃起一堆纸火，红红的火苗将街景映得晚霞般瑰丽，烧透的纸灰鸟儿一样飞上天去，以哀悼逝去亲人的灵魂，也慰籍我们在他们临终时未在病榻前尽孝的遗憾。

十几年过去了，苍白和沉默，仿佛一个不逝的梦，侄女的病有些轻了，见面时能迟言讷语地对话了，嫂子却是病歪歪的。儿子每天浑浑噩噩的，脑子还是处于不清醒的状态。

白：难道这是巧合，黑色的巧合，不解的巧合。一生老老实实做自己，实实在在对他人，举头三尺有神明啊。

加拿大传奇诗人歌手雷纳德·柯恩讲：“每一个生命都有裂缝，如此才会有光线射进来。”

黑：天黑了，夜色沉长，婆婆的面容在脑海里沉浮，心里不免低唤，婆婆您来了，好远的路呀，你那双小脚是怎样颠颠地走来的，是借故要点小钱，偷偷窥视你的儿媳吗？婆婆我告诉您，虽然您在临终时头脑是迷糊的，但我们知道您一直是爱我们的，特别是你的儿子和孙儿。如果有灵显像的话，请保佑我们，至少保佑带有您血脉的儿孙们这辈子顺风顺雨，平平安安。

白：曾记得简媜说："在浮夸末世的荒城里，我像一只伤感的鹰，停栖在暗的一颗枯树上，眺望远处，梳理记忆，搜寻那些在飞行过程中令我眼角微湿的故事。总要找出一两件事、一两个人，带着它们跨过世纪门槛，提灯一样，才能在新世纪里安顿。"

/错位/

临近九点，高速长途车即将出发，这班车仅剩下一张车票，不允许站票，你带一孩子，该如何抉择?

1. 买两张下一班车票，耐心等候一小时后出发；

2. 为了提前出发，买两张不同时间的车票混上车。

选择 2 后，浑水摸鱼中尽快先其他乘客上车。

1. 带孩子只坐自己本车票的后面一个座位，因为只有这个位子是你的；

2. 带孩子占用下趟车那张车票靠前的座位，而且把临坐的一个位子也一并占领，这两个座位肯定是别人的。

继续选择 2 后，反客为主中坦然地恭候座位主人的光临。座位的主人到了，一看鸠占鹊巢，迷惑地展票确认，躬身探询。

1. 把位子退还给座位的主人；

2. 把主人推诿到任一别的位子上，讲自己的座位是那一个，实际不是，自己想和孩子一起坐，只想换一下座位。

继续选择 2 后，任一别的位子上的乘客来了，起了矛盾，再度辨认，所买下一趟十点车的票被发现了。

1. 面带歉意地解释急着要走的主观原因；

2. 把责任推到售票处，无中生有地胡诌说系统坏了，打错了时间，自己不知道，根本就没有注意看票面时间。

选择 2 后，乘务员让其下车解释协商清楚。

1. 带着孩子一起下车与乘务员解释；

2. 留下孩子让其坐在两座中间，继续占着属于别人的座位。

选择 2 后，下车交涉不久上车。

1. 带着孩子退票下车再购买一张下班车的票；

2. 声音高八度地强辩自己一点儿错没有，绝对是系统出了毛病造成的，与自己无关。

选择 2 后，乘务员皱眉妥协，让其母亲坐到后面去。

1. 母亲坐到后面，或者和孩子挤到一个座位上；

2. 坚决坐在原位不动，母子俩绝不能分开，并解释儿子很独立，绝不让抱着。

选择 2 后，乘务员没辙，只能调换原来座位的主人坐到后面和别人挤一起。

车子迟了十五分钟后，启动出发了，我就是被占座位的主人之一。

出差到温州，独自坐长途汽车去雁荡山，打出租到新南站，买了一张九点出发的票，看看腕上的手表，八点刚过，原来是整点发车，只能等候近五十分钟的时间。

在候车室独自静静等候，九点检票进站，对号入座，我的是 4 号，登上高客时，已有母子俩坐在我的位子与相邻的座位。女子三十几岁的样子，长相很精干历练，儿子八九岁的模样。那位女子对我讲，我们换一下，你坐 5 号吧，我没加思索地默默地坐在了 5 号位子上。一会儿，又上来一位女子，是 3 号位子，母亲又把女子支到了 6 号位。人们陆续上车，真正 5、6 号座位的人到了，这样座位彻底乱了。母子俩不得不展开票经人检验，她的一张是九点钟后排的一个位子，一张是十点的 3 号位。

乘务员让她下去交涉一下，我们本想回到自己的位子，但小男孩牢牢地坐在两座中间一动不动地等待妈妈凯旋。母亲和站务员交涉无果，就嚷嚷地上车，反复讲自己所买票时，售票员曾经讲过系统出现问题，十点的那张票，自己不知道。问她几点买票时，她说已经快九点了。

娘俩占着3、4号位子就是不动，乘务员对母亲讲，“那你到后面去坐，把别人的位子让出来”。她坚决地说，“绝对不行，我和孩子就应该在这里，其他人发扬一下风格可以去后面坐嘛”。我说，“你和孩子可以坐在一个座位上，这样，就可以一起提前走而不用下车了”。她马上说，“我的孩子独立得很，从四岁开始就已经独自坐喽”。没有办法，乘务人员把我安排到后面一个位子上。

汽车启动后，透过车窗望着外面雨雾蒙蒙的天空，我在想，如果是我，我能干这样的事情吗？回答是绝对不可能的。

她带着孩子买票时已经快九点了，也许只剩下一张票，她不想再等一个小时，就又买了十点的一张，混进九点的一班。如果是我的话，绝对老老实实地购买十点的票，老老实实地等候，到点踏踏实实地上车，平平静静地坐在自己的号位上。

买完票后，她快速进站占领靠前面别人的位子，而不是自己九点那张后面的位子。当别人提出异议时，又以不能和孩子分开为由，抢占别人两个座位。退一万步讲，假设我真的买了下班的车混入这班车，也会做贼心虚地在车子满员的状态下和孩子坐在一起，或到后方的犄角旮旯里找个能坐下的地方，绝对不可能理直气壮地占别人的位子，而且是前第二排，认为是最好的位子。

任凭乘务员怎样劝说，就是不下车，耽误了正点开车，无奈的乘务员看在孩子面子上妥协了。假设我到了车上，不待乘务人员说，我就会主动说明主观和客观原因，脸上露出一副可怜兮兮的样子，求他们高抬贵手行行方便，而不是理直气壮地胡说系统坏了等瞎话来强词夺理。

汽车行驶在高速上，车窗外，小雨如丝纷纷扬扬地飘洒，远处绿茵茵一片，也雾茫茫一片。我托腮望着迷雾中的景色，听着那位母亲正在给男孩的老师用本地方言打电话，隐隐约约听到：这孩子不听话爱狡辩，总是讲瞎话，愁哇，真是愁。

/ 二三事 /

遇到了二三事，说出来笑一笑。

一事，去菜市场买菜，选好菜品菜贩称时，电子秤离我有两米远，而且数字屏脏脏乎乎模糊了人的双眼，我随意笑道，你的秤又远又模糊，几斤几两只能你说了算，他随后答，错不了，要想糊弄你，数字清楚斤两也不一定正确。听了后，觉得有道理，点点头微笑地走开了。缄默暗道，月朦胧鸟朦胧称芯（诚信）也朦胧。

二事，走到爱车前，两侧的轱辘上偶有尿迹斑斑。有时风干了，没有见到，心里跟没事人似的，眼不见心不烦，最怕的是，似干未干的痕迹刺着我的双眼。

众所周知，宠物往最脆弱的轮胎侧壁撒尿，是非常危险的，尿中有化学成分，会降低轮胎的使用寿命，腐蚀车轮框，会出现漏气或爆胎，小狗大呼过瘾的背后，越来越多的司机朋友开始抓耳挠腮心发狂。

防范措施 N 条，用三合板挡之，洗米水泼之，卫生球碾末撒之，轮胎抛光剂擦之，诸多五花八门雕虫小技皆派上了用场，也阻挡不住狗狗们的群起而泄之。

无奈，备有一大瓶纯净水，一来口渴饮之，二是用来销赃灭迹，每天来也匆匆去也冲冲。

三事，闲来兴起，把床搬入北屋当卧室，由于家具十年未动过一次，望着如新房一样的房间，第一天竟然兴高采烈地睡不着觉，半夜索性起来呆望夜空。夏日炎炎，夜晚闷热，不由地打开了窗户，俯视下面楼间小路，没有“雨中山果落，灯下草虫鸣”的意境，却是笑颜嬉闹噪声浓。东面是大路朝天，车流穿梭不息，躺在床上如露宿街头，脑中轰轰烈烈过着千军万马。为了决绝喧嚣，回归宁静，只能空调解暑，闭窗思过，缄默写下庸人二三事。

/ 三年三天 /

末日之冬，三千世界纯银色。小 Q 见到了小 A，站在雪地上相互寒暄，谈起了一段神清骨冷的话。

Q：最近看央视 3 台的“6+1”歌唱比赛吗？

A：间或看，有一位 11 岁的小男孩，唱得很不错。

Q：歌手唱得很有水准，我对“安与骑兵”穿插的歌曲《三年三天》却很有感触。

A：我也听到了，歌声凄婉哀怨，节奏抑扬顿挫，唱得八面三呼震地来，歌词大意是一位妹子痴心地等待情哥已经三年三天。

Q：如果是我，我甘于等三年三天。

A：你们也分别了吗？

Q：是我和儿子的分别。

A：嗯？

Q：技在手，能在身，思在脑，才能从容过生活。他出国学习近三个月，昨晚三更却梦到他回来了。

A：想孩子是人之常情。

Q：否，担心他不能吃苦，很早逃回来。

A：怎样讲？

Q：十几年前我出国时，他才七岁，为了学业等原因，把他丢在了国内，三年三天未见面。

A：那时孩子一定等你三天，就像过三年。

Q：待小学毕业接回时，青春期逆反很重，做事情很难坚持到底。

A：“流动时代”怎样呵护“留守未来”是一个问题。

Q：犹太人说，“如果父亲没有交给儿子谋生技能，那等于教他成为一个贼”。我愿等他杨柳吹过三叠韵，功行三千宜五福那天才回来。

A：做父母的皆如此。

Q：小时候，他翘首朝朝候太阳，等了我三年三天未见面；长大了，我举杯邀月对影独歌，等他三年三天后再见。

A：等了三年又三天，等到太阳落西山。算了三年又三天，何时再见面。一曲啼乌心绪乱，红颜暗与流年换。

第六篇 / 静悟

人生就是一场修行，
每天的行立坐卧都能带来点滴感悟。
喜欢在平常的日子里发现并记录这些散碎的片段。
一点儿一点儿积累，织成一片海。

/ 暗示有别 /

A. 这孩子太不一般了，他看一样东西总是目不转睛。

B. 这孩子太木呆了，他看一样东西总是目不转睛。

A. 看看，我们的孩子，他精力多好，总是手脚不停闲。

B. 看看，我们的孩子，他是否有多动症，总是手脚不停闲。

A. 他天生爱干净，只要有一点儿没洗干净，他就会哭。

B. 他天生有强迫症，只要手有一点儿没洗干净，他就会哭。

图 63　路向何方

A. 哎呀，这孩子哭起来像打雷一样，太神奇了。

B. 哎呀，这孩子哭起来像雷打一样，太烦人了。

A. 这孩子真不简单呀，吃这么苦的药他居然一声不吭。

B. 这孩子真没出息呀，吃这点儿药他居然哭鼻子。

A. 这孩子力气真大呀，这么重的东西他居然拿得起来。

B. 这孩子真是碍事呀，这么重的东西是他能拿的吗？

A. 这孩子情商高，将来一定是有爱心的好孩子。

B. 这孩子的确笨，考不上大学没前途呀。

A 种暗示完全被孩子接受了，他真的表现很出色。

B 种暗示使孩子过早地失去了自信心，甚至产生叛逆。

I see you（我懂你）！
Heart see you（我的心懂你）！

——观电影《阿凡达》有感

前些日，观看了3D电影《阿凡达》，导演过《泰坦尼克号》的詹姆斯·卡梅隆用让人目瞪口呆的方式把科幻片带进了21世纪。《阿凡达》的故事发生在2154年，地球为争取罕有的物质，进行阿凡达计划，人类穿上阿凡达的躯壳，飞到遥远的星球潘多拉掠取资源。

《阿凡达》(Avatar)故事的精彩不言而喻，整个特效让人叹为观止，唯美的景色亦真亦幻，逼真的动画波澜壮阔，令人向往的飘缈仙境和一段异类星球上的人间奇缘，还有让人血脉贲张掠夺资源大战中的心灵触动，至今仍留在脑海中，久久不能忘怀。

I see you！是《阿凡达》电影主题曲，也是剧中主角人物对话中的经典台词。I see you！我懂你（眼相见），Heart see you！我的心懂你（心相连），这两句话的含义一直贯穿故事情节的始终，具有意味深长的意义使人颔首沉思。

1.男女主人公彼此相爱的经典对白

影片中男女主人公的相见，双方通过眼睛的目视，互道，I see you！

（我懂你）这是你眼中有我，我眼中有你。杰克也就是电影《阿凡达》中的“阿凡达”是纳威族和人类的混合人造物种，来到了潘多拉天体，他与纳威族的一个公主女孩相逢，通过一系列的相互了解和接触，彼此间有了信任和爱慕时所说 Heart see you！我的心懂你（心相连）。

2. 蕴涵着阿凡达杰克与潘多拉星球之间的心灵相印

杰克从最初的昏惑未谙、任人摆布，带着目的性来到了潘多拉星球。误闯入纳威人部落后，他发现这里的美景简直无法用语言来形容，高达300米的参天巨树、星罗棋布飘浮在空中的群山、色彩斑斓充满奇特植物的茂密雨林，晚上各种动植物还会发出光，就如同梦中的奇幻花园。

纳威族人一直以来都与潘多拉星球的其他物种和谐相处，过着一种简朴天然的生活，而且这里的人，漂亮、真诚有爱心。以及杰克在和纳威族公主的相处过程中逐渐转变了对人类来这里采矿的看法，他意识到他已经找到值得为之战斗的东西。最终阿凡达杰克与潘多拉星球之间体现了 I see you！我懂你（眼相见），到 Heart see you！我的心懂你（心相连）心灵相印的过程。

3. 印证着阿凡达杰克自身心灵蜕变的历程

科学家们用克隆技术，将人类 DNA 和纳威人的 DNA 结合在一起，制造了一个克隆纳威人，这个克隆纳威人可以让人类的意识进驻其中，成为人类在这个星球上自由活动的“化身”。由于杰克的双胞胎哥哥是这个克隆纳威的人类 DNA 捐献者，他被杀死后，采矿的公司找到一个可以代替他操纵克隆纳威的人，这个人就是双腿瘫痪的杰克。

杰克看法转变后认识到，若要加入纳威族人对抗人类入侵的战争，就要付出很大的代价。他不能永远待在“化身”中，当“化身”睡觉时，他就会回到自己半身不遂的人类身体中，只有通过专门的连接设备才能重新回到“化身”中。一旦与自己的同胞为敌，他就失去了与“化身”结合的可能，只能困在残疾的身体里，并失去那个他越来越喜欢的纳威女孩。

在“化身”与人类躯壳之间居无定所，飘忽不定之际，在纳威的精神领袖的带领下，纳威族人用自己的感受器（辫子）与神树相连，借助神树的力量，将杰克·萨利的精神（灵魂）转移到他的阿凡达身上，杰克最终离开躯壳成了这个星球上纳威人的领袖。

4. 纳威族人和大自然和谐相处的体现

在潘多拉星球，有颗幽萤圣洁的灵魂树，里面存在着女神爱娃，圣树垂下柔顺熨帖的丝绦——一种联系着纳威与爱娃女神的神奇纽带，是它让神与芸芸众生心心相印，一脉相承。灵魂树是纳威人的根，是纳威远古祖先生生不息繁衍下的种族精神，是凝聚潘多拉星万物万灵和谐共处、平等尊重的图腾。

纳威人单纯善良，心地澄澈，因为他们懂得，万物都是惺惺相惜的，生命的存在不过是从此到彼，循环不已。神是无所不在的，纳威人的所思所想神都能感知感应，并在冥冥中指引着纳威人顺应自然的规则。

5. 隐喻地球人和其他星球人要彼此眼相见和心相连

哈利路亚山是潘多拉星的独有奇观之一，山中含有一种极为珍贵的矿产，罕见的常温超导体，因而具有奇特的磁场效应。正是由于磁场作用，所以便产生巨石大山层叠紧靠飘浮在空中的胜景。地球人类正是为了开采这种矿石而来到潘多拉星，期望用它来解决地球资源日渐枯竭带来的能源危机。

人类在利益的驱动下，不远万里派遣了战机去摧毁纳威族人所生存的

一棵巨树，以使他们撤离自己的家园，纳威族人不舍不弃此地，导致纳威族人的反抗联盟和采矿公司的军队展开了惊心动魄的血战。

每一个看过此电影的人，无不被潘多拉的美景所折服，又被人类用钢铁铸成庞大的空中飞机和沉重的地面装甲坦克及骇人的成吨炸药来此星球掠夺资源所发起的战争所瞠目结舌。在人类钢铁般冷酷无情心的衬映下，潘多拉星球人的柔软薄弱的心是那么无助和悲伤。虽然经过浴血奋战，纳威族人反抗军最终打败了人类，但其悲惨的情景也让人唏嘘不已。

为什么，人类就不能和大自然和谐相处呢？人类攫绝了地球本身的资源后，又利用所谓的现代技术不择手段地侵略垂涎其他星球的资源。使掠夺战不断，许多无辜善良的生灵在血流成河中销声匿迹。

宇宙需要I see you！我懂你（眼相见），Heart see you！我的心懂你（心相连）；

地球需要I see you！我懂你（眼相见），Heart see you！我的心懂你（心相连）；

人类需要I see you！我懂你（眼相见），Heart see you！我的心懂你（心相连）。

/ 清谈“竹林七贤” /

春去夏来，无垠的苍穹，洒下铺天盖地的光阴，被人们的脚步蹚得哗哗直响。于嚣张浅薄的现代，读沉静浑厚的上古，澄明的智慧，能打捞水火中煎熬的灵魂。逆流而上能找到清澈水源，能找到掩藏于岁月峡谷的清洁精神。书页翻动，所有的文字四散，“竹林七贤”纷纷踏云而至，带来几缕新鲜清凉的清风徐徐而过。

“竹林七贤”，嵇康、阮籍、阮咸、山涛、向秀、刘伶、王戎七位名士。魏晋时代玄风盛行，他们大多家庭殷实，长相非凡，率真超脱，才情横溢，追求个性解放，不侍朝政，淡泊名利，隐居山阳，走入云台山的百家岩竹林。

林中相聚谈玄论道，吟诗作赋，吹箫抚琴，放歌长啸，游于山峦，山涧听音，真正过着道法自然、天人合一的隐居生活。方外之士，可以超尘脱俗，鉴于种种原因，后来有几人出竹林走向了仕途。

嵇康，魏晋玄学的大家，身高 1.89 米，龙章凤姿之帝王相，长相俊朗，器宇不凡，恬静寡欲，擅于琴棋书画，赋诗 60 首诗，以四言为主。主张越名教而任自然，信奉动者多累，静者鲜患。琴诗可乐，远游可真。著有《声无哀乐论》，认为众器之中，琴德最优。嵇康不屑朝仕，刚直不阿。司马昭准备征召嵇康，山涛要推荐其到朝廷做官，他拒绝，并写了《与山巨源绝交书》，遭到朝廷迫害，最终弹奏着绝版《广陵散》而绝命，终年 40 岁。

阮籍，玄学家和哲学家，博览群书，尤好老庄，嗜酒能啸，屡次遭朝廷招去做官，迫于无奈，他做“朝隐之士”，感叹不能过“浊酒一杯，弹琴一首”的隐居生活。阮籍苦闷曾驾着车，载着酒漫无目的走，边走边喝，走到路头，到那里抱头大哭一场后，再往回走。54岁的阮籍抑郁而死。五言《咏怀诗》有一首是这样的，“一日复一夕，一夕复一朝。颜色改平常，精神自损消。胸中怀汤火，变化故相招。万事无穷极，知谋苦不饶。但恐须臾间，魂气随风飘。终身履薄冰，谁知我心焦”。

阮咸，阮籍的侄子，善弹琴，求本真。天才的音乐家，发明的琵琶，由山涛推荐而官。

山涛，43岁参加竹林，与嵇康、阮籍为友视为人生一大幸事。度量见胜，钟情仕途，做官清廉，官越做越大，逝于79岁，今天人们还能看到其书法。

向秀，山涛同乡，擅长诗赋，也走入仕途，做“朝隐之士”，在相聚林中旧居时，写了《思旧赋》，45岁而逝。

刘伶，通达诙谐，沉默寡言，不拘小节，身材矮小，其貌不扬，对人情世事一点儿不关心，遇到其他名士后，情投意合加入其中。在七贤中饮酒为魁首，认为喝酒有逍遥神妙之感，著有《酒德颂》，他是把酒后玄学化写入散文的第一人。无为而治搪塞公务，80岁逝世。

王戎，幼年聪慧，神采透彻，参加竹林时，只有15岁，终于72岁。

嵇生放达意真豪，嗣宗青眼夸神交。
启事吏隐何妨涛，沛国豫流形陶陶。
小阮不愧玉树曹，阿戎清爽舞浊醪。
竹林之游芳躅高，延之过激由去朝。

据《修武县志》记载：1750年，四十岁的乾隆皇帝沿太行山西行，途经河南修武县，当他得知这里是魏晋时代“竹林七贤”聚会的地方时，不禁大发思古之幽情，挥笔写了上首《七贤诗》：

修修梢出类，辞卑不肯丛。有节天容直，无心道与空。

/AB 型女人/

A 女 B 女，有意无意间，同去旅游走到一起，两人本来不认识，且性格迥异，但阴差阳错地必须在一起活动，最后住在一个宾馆的一个房间里，从言谈话语和行为举止上她们好似属于不同型的人。

A 女是一位有名上市公司的销售人员。说美也不美，说不美也美。

高挑的身材是丰满挺拔的（自说要减肥），出外游玩也身着一袭高档黑色时装，袒露着白藕似的胳膊，炎热的夏天披着长发，挎着一个大时装包（找包内的东西常常翻不到的那种），戴着一副大蛤蟆镜（在暗处也不会轻易摘下）。穿一双时尚的半高跟凉鞋，好看的脚趾涂着鲜红的指甲油。尤为特别而令人耳目一新的是，说出的普通话是那种娇滴滴奶声奶气，应该是经过专门训练过。因一次听她打手机，用土得掉渣的家乡话通话。这种声音类似香港演员林志玲，应该说男人的耳朵很受用。无论从打扮还是从神情来看，呈现出一副自信迷人，透出一股如“帐篷妹”朱晓彤所言那样，我就是一位大美人，要倾国倾城倾倒你们一大片儿。据说她的销售业绩是很卓著的。

陆游《老学庵笔记》中有一段话，“小娘子，叶底花，无事出来吃盏茶”。在话语中透出，食品很注意营养搭配，什么食品有营养吃什么，要早餐吃好，如研磨许多种黑色食品等，晚饭尽量不吃或吃点清淡的凉拌菜。由于怕油烟味所以很是讨厌做饭。很注重细节，曾看到她在车内擦拭眼角时也是从包里翻出棉签细心轻柔擦拭，猜测也许是怕眼角出现皱纹或不卫生吧，然后，把棉签放在奥迪车的车门把手凹槽中下车却忘记带下。很爱惜自己，抹的是高档化妆品，戴的是有品位的饰品。即使在酒店休息也要敷上面膜以保面部湿润，性感的睡衣，是那种很让人起联想或想歪的袒胸紧身衣。应该是只有对得起自己，才是战无不胜的法宝。

B 女是一位一般单位的职员。说不美也美，说美也不美。

高挑的身材是松垮自在的（每天随便吃也不用减肥），身着一身不太便宜的黑色碎花休闲短装，宽松袖口垂到肘弯处，即使肤白也是遮遮掩掩云山雾罩的。拎一个物件可各归各兜的花色时尚包（想找什么马上就能掏出），戴一副大蛤蟆镜（只在阳光下戴上）。说话客气少语寡言只会随声附和讲一些人或事。吃东西随意冷热不忌，不挑不拣吃完不饿就行，或吃些家人的剩饭。为了家人哪怕烟熏火燎也要做饭，如果有不想做或不愿做的思想作祟时，会萌发出一种内疚犯罪感。不太保养自己，洗涮做家务时嫌麻烦不爱戴手套，面膜也买但许久不会往脸上敷。有钱购物时首先想的不是自己身上的物件而是家里所需，在家着装随意以能方便料理家务和自己舒服为准，舍己为人，大家好我才好。且我着我的装，随意与自在，不抓他人之焰光。

随着一起出动游玩，B 女受到了很大的刺激，因为 A 女的身旁男人很愿意凑近，一是职业习惯，公关能力和讨好人的能力很强，会风起水动地讲些别人爱听的话，而且声音听起来酥软甜蜜令人醉。二是包装很好的装束和保养很好的皮肤加上很耐看的面容。

现如今，B 女真应该向 A 女学习，爱别人首先应该爱自己，自己把自己当作宝贝似的侍弄爱惜，别人也就会把你当成心肝宝贝的怜爱。据说，替别人着想，为自己而活，这才是完美人格。

那些全心全意帮助爱人成功，一切为家人为别人熬成黄脸婆的女人，自己都不愿意去照镜子，能有几个男人会多看你一眼。保不齐自己的男人会飞走，到最后变为被抛弃的“抹布女”。

托尔斯泰讲，“女人这个东西不论你怎样研究她，她始终还是个完全新的题目”。

/ 数一数 /

屈指数春来，弹指惊秋去。闷闷不乐时，掐指数乐趣。

我有一个大度的丈夫一朝一夕伴今生，一个疼我的妈妈一言一顾关切情，一个高帅的儿子一年一度长成人，一个乐观的爸爸浊酒一杯自开怀。有一个笑点很低的死党一声一字总关心，一个文采至高的挚友一咏一谈皆是诗。有一份安稳的工作，一个相对舒适的家，一个随时可回忆的过去。

柜子里有一排喜欢的衣服还可随意去购物，枕边有一本喜欢的书一灯对一榻地翻阅，一年几度远近游享受一轮明月一江水，有一辆爱车独驾驭一南一北似飘蓬。喜欢听空灵的轻音乐和一曲一定魂的佛教音，喜欢一个人在一个寂地发一会儿呆，看秋叶一片西飞一片东飞。

一花一竹如有意，不语不笑能留人。我没有企图，一名一利不贪求，我的前途虽不光明，亦不太黑暗。

人生意失得，孰者乘除之。今天屈已伸，彼赢此或亏。我不数我缺乏的东西，我专门享受我已经拥有的东西，没有一个人可以霸占全世界，讨得一切便宜，我只担心我不懂享受现在所有的福气，浪费或抛弃了它们。

/净/

净为一尘不染，无欲、无邪、无为、无浸润。可理解大自然的洁净和人的心灵纯净。现如今，净已远离了我们的衣食住行，已从心灵深处逃逸。净成了稀罕物和奢侈品，已尽绝净。

污染的环境中，天已不蓝，云已不白，水已不清，雪已不寒，人已不纯。风吹沙满袖，雨降泥入怀。浑沌未分天地乱，茫茫渺渺人恍惚。

人若偶遇糗事，先污言秽语灌满口，句句无非是骂门。食品安全掷窗外，化学元素入餐羹。游人攀山污半壁，戏水垃圾罩泉石。滓秽太空片云

图 64　净若清荷尘不染

浮，蓬人掩鼻嫌腥秽。车马拥堵浊气窜，高贝噪声耳发聩。酒倾肉落杂秽呕，杯盘狼藉污宾筵。人心为物欲所蔽，失其灵明。

净似一幅绝美画，人人向往之。山空云自在，水净月相投。净揩浅匀眉，肌肤偏莹净。天净鸟飞远，路幽花自香。芳香去垢秽，素琴有清声。白雪净肌肤，青松养身世。净漱一掬碧，远消千虑尘。

净而纯中无一尘，纯而净中有万应。人要做到真清真净心上无尘很难，要修行很久，才能“藏毒而宁，纳秽若净，易膻使馨，解身赫赫，逆如冥冥”。

看取莲花净，方知不染心。佛教认为，“土”是由“心”而现的，心秽则现“秽土”，心净则现“净土”。

“练余心兮浸太清，涤秽浊兮存正灵。和液畅兮神气宁，情志泊兮心亭亭，嗜欲息兮无由生。踔宇宙而遗俗兮，眇翩翩而独征。”东汉蔡邕的琴歌在回荡。

/ 公家男 /

根据互动百科网的解释，公家男是指事情很多应酬很多，基本上不属于家庭，并且与家庭成员在一起时间极少的人，不需要在家吃饭，基本上天天有人请吃，基本上不会按时下班回家，基本上天天需要“加班”的现代男人。公家男人在身份上通常是那些有一官半职，大到高官，小到股级，时常穿梭于酒桌与各个圈子的男人。

由于角色的定位，他不能随心所欲，不能想回家就回家，不能想变成私房男就成为私房男。即使你多么不情愿，即使你对家人是多么愧疚和渴望。但是，没有办法，你必须履行工作或者说社会给你定义的角色。

遇见这样一位公家男，耳闻目睹之后，感觉老天好似帮他舍己为人做好事。自古忠孝两难全，为了自己的事业和学习，自己的亲人顾不上，别人的亲人却在他处处关怀之下。

多年前，年轻的他远在异国他乡学习拼搏，亲生父母先后有病去世时，不能在床前侍奉尽孝送终。多年后，事业有点儿成绩的他，遇到别人的亲属去世或有病时却急于关心和照顾。

外地的一位老上司的儿子出车祸突然去世，他连夜赶去问候；一位下属有重病，他咨询电话不断，并连夜去照应帮忙转院事宜；同事的丈夫急病去世，他同样是心急火燎地去外地奔丧。

公家男说，体恤下属，关心上司，代表的不是个人而是大家庭般的友爱。

几年前，亲姑姑有病，过年探望送点儿钱，去世时因公事缠身没能去给唯一姑姑奔丧。几年后，中学老师重病卧床，离家千里的他专程去家里看望，坐在炕前嘘寒问暖，临走往躺在炕上的老师枕头底下塞了八千元钱，老师感动得老泪纵横。去世时又是心情悲痛地再次赶去奔丧。

公家男又说，自己的第一位贵人就是中学班主任老师，尽孝奔丧是学生应该做的事情。

清明节到了，该回老家到亲人的坟头祭奠了，不巧的是，他又是那几天开会不能去，只好在异地路口烧些纸以表对遥远天国亲人的哀思。

培养出十几位研究生，自己的孩子却志向迷茫无所成就。为创自己的事业，孩子小时没有管过，孩子上小学时，他在国外学习，孩子升初中时，他在外地进修，家里遇到大事小情需要他时，往往不见其影。

感觉他的确不是故意的，的确是抽不开身，是老天凑巧就那关键的时刻要他忙学习，忙公务，忙的脱不开身。

人在“江湖”，身不由己。

/ 素白 /

灿烂的红叶，以凋零萎败的姿态，迎来了冬季的到来。

临冬的下午，细微温暖的阳光溅落在阳台玻璃窗上，地面上懒散地摆着一袋山楂和一堆巧克力，包装皮似蝴蝶无稽地飞落了一地，半杯红茶香味在身边缭缭绕绕。

闭着门，仰坐在软椅上面，双脚高高放在阳台沿角，伴着耀眼的光线，嚼着山楂和巧克力，酸酸甜甜，吃的牙要倒、心要腻的地步。端起茶杯，慢慢斟酌，细细品味，这微苦涩香全部流入口中。

就这样，静静地阅读自己喜欢的杂志，看看别人是怎样来看待或评价这繁杂的世界的；就这样，想着这秋去冬来中，我们这些各自寻找不同归宿的人，想想我到底是谁；就这样，或者什么也不想……

图 65　眼神无处不在

羽清雪的散文《四壁雪》中描述，小屋一间，四壁如雪，一人一屋，持本来面目，素面相对。保留天生的一点儿天真和素朴，放轻松，抛开重负，世界还是一样的美好。爱这一室虚白，像画面中大片的留白。爱这虚缈寂幻的空

间，世界至繁，天地至简。小小一室，容得下我一个人万千思维飞扬。

我们需要的生活，其实比想象的更简单，所谓："广厦千间，夜眠七尺；良田万顷，日食三餐。"身无长物，是一种让人羡慕的状态。只要放时间下去，一切一切都会消失或淡忘。

美国作家琼·狄迪恩讲，"人生最高的境界是不受人打扰，也不去打扰他人"。很欣慰，我还有一方空间，任凭我胡思乱想，期望着为无为、事无事、味无味的生活。

/ 来吧，一起读书吧！ /

你们觉得什么是这世界上最悲催的事？

——在对人感叹这诗意的世界时，对方在埋头抠手机。

——你在抱怨这冷漠的世界时，对方还在抠手机。

——当你要告别这个世界时，对方仍然在抠手机。

——我对你说我爱你的时候，你在抠手机。

——我说我恨你的时候，你还在抠手机。

——我说我要离开你的时候，你头都不抬地说了声，“帮我交点话费，流量快用完了”。

这是王朔《是什么让我们泪流满面》一文中的写实片段，由此我想起孟莎美（印度）所写的《不阅读的中国人》的场景：在飞机上，不睡觉玩iPad的，基本上都是中国人，而且他们基本上都是在打游戏或看电影，发短信、刷微博，少见有人读书。

真正的阅读是，你忘记周围的世界，与作者一起在另外一个世界里快乐、悲伤、愤怒、平和。它是一段段无可替代完整的生命体验，不是那些碎片式讯息和夸张视频可以取代的。当下的中国，缺少那种让人独处而不寂寞，与另一个自己的灵魂对话的空间。我们都需要有短暂的“关机”时间，让自己只与自己相处，阅读、写作、发呆、狂想，把灵魂解放出来，再整理好，重新放回心里。

关于读书，中国是一个有着全世界最悠久阅读传统的国家。

唐代颜真卿《劝学》，“三更灯火五更鸡，正是男儿读书时。黑发不知勤学早，白首方悔读书迟”。而现今的“三更灯火五更鸡，正是男儿电游时”的情景不乏少数。

宋代陆游有“人生百病有已时，独有书癖不可医”“我於万事本悠悠，危坐读书忘百忧”。读书时，书带生香，忘忧弄色，四窗虚悄。

林语堂在《读书的艺术》中说，读书或书籍的享受素来被视为有修养生活上的一种雅事，当拿起一本书的时候，他立刻走进一个不同的世界。

兴味到时，拿起书本就读，这才叫作真正的读书，这才是不失读书之本意。读书时，须放开心胸，仰视浮云，或暮春之夕，郊外读《离骚》，或在风雪之夜，烤炉围坐，佳茗一壶，淡巴菰一盒，十数本狼藉横陈于沙发之上，然后随意索之，取而读之，这才得了读书的兴味。

读书不带有目的性会更轻松自在，康德说美是无目的的快乐，当今我们也许太过于重视考试、赚钱以及消费等“有用”的事情，而忽视了音乐、文学以及自然等可能“无用”的“精神食粮”。在我们的生命中，这些看起来“无用”的事情，却能够滋养我们，在生命的高峰低谷间，给予我们勇气、美、力量以及智慧。

宋代蔡沈：“渺渺橘园联草阁，疏疏竹径傍田庐。是间日有无穷趣，月淡风清静读书。”读书与自然和谐一致，多美的一幅画卷。

于丹曾说，在一个灿灿烂烂的烈日晴空下，背着双肩包，晃晃荡荡的，无所事事，在丽江古城找一个咖啡馆那么一坐，看着1600年历史的大石桥，底下的流水，哗哗的激流涌荡地冲过去，桥头上马帮的布农铃，哐啷啷地在风中响，那个阳光啊极其奢侈大把大把地洒在你的书上。然后对着咖啡，看着流光飞逝，会觉得浪掷浮生，原来是这么潇洒。

宜人的环境下读书的确是一件让人向往的事情。曾幻想，躺在寂静广袤的草原上，倚在鸟啼蝉鸣碧树下，坐在冬日暖阳的角落里，靠在竹映高墙斑影中，或是卧在缓缓移动的列车上铺，有大自然中的美景做陪衬，读书，不入佳境都难。

关于读书境界，相对于丹，卫兵认为，读闲书的高境界其实就在家里，或许就是陋室草屋也无所谓，书可以信手拈来，一堆。有一张床，然后依靠舒服了，把腿支起当书桌。没阳光也没有关系，如果冷，比如阴雨的春日，开开空调，或是盖上暖暖的被。把老花镜擦干净，看将进去就可以了，想不起家务，想不起美食，想不起外面的风景，更不会有追逐的疲惫。渴了，有茶就好，饿了，冰箱中随便的东西都可以果腹，全部的精神都跟在书中的风雨流岚交通、交融。

厚圃在《书巢》中，书房是“流动式的”，在车间，在地铁，在过道，在厨房，在床上……在哪里读书，哪里便是书房。自古以来，没书房而有大学问的比比皆是，王冕牛背上苦读，陶宗仪耕田著书，匡衡凿壁偷光，周有光“卧室就是厨室，饮食方便；书橱兼作菜橱，菜有书香”。

读书没有合宜的时间和地点。一个人有读书的心境时，随便什么地方都可以读书。宋代大学者欧阳修说他的好文章都在“三上”得之，即枕上、马上、厕上。

我深有同感，虽然我不能安然在马背上读书。但在枕上、厕上确是我在家里的绝佳读书场所。闲暇无事时，赖在床上，拿过一本书一页页地翻看，仰累了侧位，侧累了俯位，俯累了跪位，身姿优雅与否不管，内心的冲突与战争，软弱与和平，思考或者不思考，完全地静谧地沉入自我，眼前掠过印合心迹的名言佳句，随即携笔工整或潦草地记录在本上。实在看得倦了，翻个身睡去，醒来想想若无它事，身体继续翻烙饼似地看将下去。

卫生间是我独立的书房，门一关，噪音烦事就拒之门外，灯光下书中字体是柔和温暖的，若没有时间限制，直坐到臀部发麻眼睛发花才起身。

让我正经八百地端坐在写字台上看书，还是以前为了考试时，坐累了也是跷脚在桌角上仰面背书。

记得一篇文章讲，对门朝北的窗前，堆着一叠纸盒，就是写字柜，张爱玲就坐在这堆纸盒前面的地毯上，做她的书写工作。

李敖说他的本领很多，看家的本领是看书。他读书方法心狠手辣，把书五马分尸，把需要的资料切下来。背面内容影印出来，或者一开始就买两本书，两本都切开。结果一本书看完了，这本书也被他分尸分掉了。切下来的资料在上面写上字就表示分类，以便用时及时找到。

笔迹乃心迹，美国心理学家爱维认为，“手写实际是大脑在写，从笔尖流出的实际是人的潜意识。人的手臂复杂多样的书写动作，是人的心理品质的外部行为表现”。

我喜欢做读书笔记，潇洒的笔迹龙飞凤舞于本上，摘抄的语句也是自己的心迹。书是干净的，心是宁静的。

冯友兰关于《兴趣与人生》中讲，在以前的教育制度里，四书五经是大家所公认的“正经书”。除此之外，学举业者，再加读诗赋八股文；讲道学者，再加读宋明儒语录。此外，所有小说词曲等，均以为是“闲书”。看闲书是没出息的事，至于写闲书更是没有出息的事了。因此，有多少人不能随着他的兴趣去做，以致他的才不能发展。因此，不知压抑埋没了多少天才。

陈全忠在《大地上的读书人》里写道，大地之上没有书桌，没有书房，只有无限的风景。我捏着方块字的纸，缓缓走在山间公路上，心情随文字一路铺陈。看累了，就眺望镶着金边的云，落日远远地挂在山头。我忍不住想奔跑，想歌唱，和我的书。

明代唐寅有一首诗：“飞雪蔽空无鸟迹，长山颠壑有人居。浩浩天地知谁坐，酌酒敌寒犹读书。”

不同时代的读书人，都是在大地上读书，天作幕，地作席，人立天地间，携一书，与千年的精神脉络相守。外面的风雨雷电都化作这一画面的背景，渐渐消隐，而在书间、在人间印证过的心灵之音却渐次成为主角。

据说，今年八月的上海书展，有一个号召：招募爱书人，带一本自己喜欢的书，静止呈阅读状（可以是任何姿势），定格 3 分钟后自然结束。定格是国外很热的一种民众参与的艺术活动，让时间静止于一个动作之间，把我们的关注力聚焦在这一个点上，给记忆留下标记。每年一度的上海书展，为提倡全民阅读，组织了这次千人读书定格活动，让我们仔细想想，有多久没有好好看书了？

/凉/

天凉了，窗外的叶子又红了，殷勤昨夜三更雨，又得浮生一日凉。

搓揉着冰凉的手指，想着日子就是这么从热过渡到凉，从凉过渡到寒，再从寒过渡到暖的过程。北方的天气四季分明，人们在冷热交替中，加减着衣饰，过着如鱼饮水，冷暖自知的生活。

凉，能冲淡酷暑的炎热，使人神清气爽，所以，人们在夏季热恋着凉，吃凉面，喝冰饮，开空调，摇蒲扇，上天望云，下海戏水，山头数星，树荫纳凉，入林避暑，静心招凉，努力把自己的身心调节到舒适惬意的状态。

凉是冷之始，寒是冷之极。在隆冬的季节，与寒相比，凉就是小巫见大巫了，人们会抛弃忘却凉，去追求暖。

凉不管人的感受，却喜欢与秋喜结凉缘，要月亮当月老。所以，衍生出“凉天佳月即中秋”的绝句。

天气乍凉人寂寞，枕簟冰清，渐觉秋凉之际，人的心情也随之发出“悲凉”的感叹：秋雨潇潇秋夜长，秋风瑟瑟入柔肠。独倚寒窗凭眺望，满地黄花倍觉凉。世事一场大梦，人生几度秋凉。

如果说，暖常与太阳相伴，那么，凉有月亮相随。

诗有：晚凉天净月华开，凉月满窗淡侵床。万里闲云散尽，半规凉月当空。碧天凉月湛悠悠，独上高楼望女牛。

对一窗凉月，灯火青荧下，问君啥是愁滋味，却道天凉好个秋。

夜凉亦如水，水凉雨凄凄。小院夜深凉似水，一池明月浸荷花。

凉应是清辉色，孤寂而清幽。露白月微明，天凉景物清，在雨忽兼飘风，凉与清气随中，仿佛看到一人踽踽凉凉走来，口中念叨：“秋花惨淡秋草黄，耿耿秋灯秋夜长。已觉秋窗秋不尽，那堪风雨助凄凉。”

若比凄凉，刚刚过去的酷热夏天颇不宁静，两个壮汉仅仅因停车与女子发生口角，便恶向胆边生，活活摔死两岁幼女，只因一点儿争执，便痛殴妇孺，立毙人命，这桩发生在北京的极端恶性案件，因其太过悖论逆天，让人寒心凉齿。

个案虽极端，但近年来相似事件有所增多，有些人遇事似“愤怒的小鸟”火气一点就燃，动辄拳脚相加甚至舞刀动枪，哪怕“只是因为在人群中多看了你一眼”都会怒发冲冠，这或许是源于社会矛盾的反复堆叠积压，以致虢多凉德，值得我们深长思之。

中国文明的三大特征，深沉、博大和纯朴，中国人拥有“那种难以言表的温良”何以竟失踪了呢？

人心躁很可怕，需要消暑降温。古训有：温恭天赋此心良，惠爱人知政术长。万事不令心散乱，忘情缄口养和光。开悟添清爽，一性转温良。

身心皆暖，是人的最佳境界。心死热血凉，是人生的结束。人遇到惊悚或伤心事，心瓦凉至脊背生寒。心躁则暗，心静则明。若心受燥热，渴而烦冤，则需一剂凉药，养心润燥，通心气而舒心神，燥郁解而生血，恢复正常。

图 66　何处好，登临眺望

/雪之絮语/

雪下了，漫舞悠悠。雪停了，静寂悄悄。

久违的雪，在人们左顾右盼中，终于在新春之际，袅袅婀娜飘来。软软的，淡缀着疏枝瘦叶；黏黏的，亲吻着街头巷角。

人们期待一场落雪，如同等待一个奇迹，一冬在雾霾中挣扎，雪让这个城市突然清净起来。

我们已经背熟“孤舟蓑笠翁，独钓寒江雪”。那是冬日里幽僻清冷的境界，一幅渔翁寒江独钓图。

雪，是旅人在边塞邂逅的壮阔风景，是摄影者镜头中风潇雪飞的世界，是画家孤高拔俗之意的外化，是小说家写就人生世态的“炎凉书”。

雪霁之后，独坐晨光，面对大片留白，可发呆，可思想，可念恋世间鲜衣怒马，也可在一阙宋词里兀自忧伤。

“穿过县界长长的隧道，便是雪国，夜空下一片白茫茫，火车在信号所前停了下来。”川端康成小说《雪国》的开篇，把读者引入了一个飘缈，辽阔的雪国。雪飘如絮飞扬，记忆绕铁轨延伸到雪乡，往时间的深处，往命运不可知的远方。

“林中雪地的寂静中，回响着你脚步的音乐声。……在寂静中心灵已经成熟，这薄冰来自我的心灵。”曼德尔施塔姆的诗也许可以作为注脚，在随雪花而来的寂静中，心灵已经成熟。

“昔我往矣，杨柳依依；今我来思，雨雪霏霏。”《诗经》里的这一段，可能是中国文学中关于“雪”最早的表达。出门时是春天，杨树柳树依依飘扬，而回来时已经是雨雪交加的冬天。它像一幅画，把一个出门在外旅人的心情表达得淋漓尽致。

时光飞逝，昔日的玉面雪肌，鬓影摇春女，经过几十年的流风回雪，如今已变成瘦影支离雪鬓繁。散漫天涯色处，一树碧桃落花成冢，一世孤寂雪埋心殇。

雪是上天赋予北国的盛装，是降落人间的精灵。雪飘落人间，有纷扬，有融化，有堆积；我们在尘世，有闪烁，有消隐，有聚散。

蛇年甩尾乘雾而去，马年昂首扬鬃奔来。二月，梅香雪暖，柳梢风细。旋踵之间，薄雪消时春已至，花如雪的季节又来了。

/玄/

玄夜深深丑时，应该熟睡的时刻，躺在床上眠稀目生晕，无来由地，突然就想到了“玄”。

据《说文》中讲，黑而有赤色者为玄，想想这也是我喜欢的颜色。试想一位朱颜玄鬓，玄衣素裳，布衣麻鞋，一身飘逸的长袍，戴上适宜的玄珠或玉佩，古朴，玄妙，神秘，悠然闲适，清静无为，一派道风仙骨的气质神采。

《易·坤》中，天玄地黄，玄也是天的颜色。今年的七月，时而热情似火，使人厌厌愁闷无情绪；时而玄云溶溶，无朝无暮雨垂垂。天气变得玄之又玄，令人难以捉摸。

古诗词中，有玄门叠叠开，玄鹤浮清泉。有世途旦复旦，人情玄又玄。有迎风翠羽播播动，带露玄珠纂纂垂。有玄云如涂墨，急雨欲涨沟。

唐代元稹《行宫》中，“寥落古行宫，宫花寂寞红。白头宫女在，闲坐说玄宗”一幅寂淡清虚的画卷。

玄，幽远，深奥而不易理解。《西游记》中，难！难！难！道最玄。《老子》曰，玄之又玄，众妙之门。

《太玄·玄告》中，天以不见为玄，地以不形为玄，人以心腹为玄。

在悠悠的历史长河里，玄的奥秘也许在上下五千年中寻觅得到。冉冉光阴玄鬓改，我只是这长河杳杳中的几十年，究其玄的答案，谈何容易。

妙妙妙中妙，玄玄玄更玄。动言俱演道，语默尽神仙。

/佛，冬暖夏凉/

有一弥勒佛玉坠项链，我没有戴在颈上而挂在车后视镜上，讨个“出入平安”之意，就这样这尊笑口常开的大肚佛随车飘荡在途中。

如果路上有坎坷、急转弯或急刹车时，佛就会夸张地大幅度摆动，犹若“凤点头”，我就赶紧右手托佛，犹如“龙含珠”，以便他不再晃悠。这种“惚兮恍兮，其中有象”，佛是否在警告我开车要尽量通而戒骄，堵而戒燥。

不知不觉中，佛在车内对我笑了两年多，晃过春夏秋冬之际，无意间发现一个有趣的现象，佛，冬暖夏凉。

在寒冬，刚入车里很冷，打开车内空调，在由冷变暖的过程中，手指是冰凉的。路一坎坷，佛就晃动起来，马上伸手握稳他时，突然感觉他好炽热，一股暖流通过手指传过来，心里顿感五脏俱暖。

在炎夏，刚入车里很热，打开车内空调，在由热到凉的过程中，手指是炽热的。路一坎坷，佛就晃动起来，马上伸手握稳他时，突然感觉他好冰凉，一股清泉通过手指流过来，心里顿感遍体生凉。

佛正好处在空调风口的上方，所以，占尽先机享受着冬暖夏凉的悠悠生活。

佛即心兮心即佛，望着弥勒佛，我问，身上之冷暖易调，心上之冷暖却是如何调法？佛曰：不可说，不可说，一说即是错。

佛也许不愿意人去叩问他，而愿意人把自己修炼成他的样子——慈颜常笑，大肚能容。

/为了母亲的微笑/

前几日，在某杂志上看到一组“为了母亲的微笑”照片。图文作者是于全兴，前序是这样写的：

自2001年起，受“幸福工程”组委会委托，我21次深入中国西部贫困地区，足迹遍及11个省区市，走访了64个国家级贫困县，167个乡镇，267个村寨，采访了820多位贫困母亲。在那里，还有许多尚未脱离贫困的母亲，她们承受着我们难以想象的生活重负，忍受着饥饿、疾病以及自然灾害的侵袭。

我只是希望人们能够理解——中国母亲是贫困的最大受害者，她们身为人妇，却因贫困而比男人更操劳，她们身为人母，却因贫困而不能乐享天伦，她们身处当代，却因贫困而过着原始生活……她们的境遇令人震撼，心痛！我不敢奢望别的，只是有一个小小的心愿——请关注贫困的母亲，帮助她们！

拍摄贫困母亲10年，我的眼泪都洒在了西部，很多照片是我在落泪的同时按动了快门，但在我的镜头里，却很少看到贫困母亲的眼泪。她们很少抱怨生活，很少因为贫穷而掉泪，只有谈到孩子，才会有泪水。

照片中的母亲的确很感人，并且每张照片上都注有旁白。这些西部贫困母亲大多是二十、三十几岁的年龄，青春秀丽的面容里透露出一股坚韧不拔吃苦耐劳的精神，她们大多携带着自己小孩辛勤劳作着，由于天灾等的原因，一年之中有几个月要断口粮，为了一家四、五口人的生计，她们中有的欠债几百元，有的是几千元不等，也有稍好些的没有债务。

因为自然环境恶劣等种种原因，这些母亲是贫困的，看了她们所居住的简陋破旧的茅屋，看了她们携儿带女负重劳作蜷缩的身影，任何一个有同情心和善良的人都会热泪盈眶。这是几组很有教育意义的照片，呼吁人们为了母亲的微笑，大家都能献出一点点爱心，这世界会变得更加美好。

看着这些心酸的照片，我突然扪心自问，当今还有比她们更穷困的母亲吗？我的答案是肯定的。她们不在边远的山区，也不在落后贫瘠的西部，她们在中国较发达的城市中。

先别提其他，单就买房来讲，为了孩子的婚房，城市中的大多数父母们首先用积攒一辈子的养老金交首付，然后和大多数还未立业的子女一起努力奋斗着，被天价房所奴役着，再接再厉用半辈子来偿还房贷，10 年、20 年、30 年遥遥无期还债路，50 万、100 万、150 万“钱途”无量债务款。她的辛苦一年的收入还不够买一个安放马桶的位置，一辈子的血汗存款相对于这笔房价款来讲，似汪洋大海中的一滴水，小巫见大巫，可谓是一套房，奴役着两三代人来拼命劳作偿还，难道她们不贫困吗？

西部贫困母亲的债务几百元、几千元，但她们应该借的是亲戚的朋友的。也许我们献点儿爱心，还能解决她们的债务。而城市的母亲为了天价房把亲戚朋友借的穷尽了后，再借银行的，高额的贷款利息一并要还的。问世间，有谁能够献爱心，把巨款帮忙还上一点儿呢？

曾记得 8 月 27 日《北京青年报》中报道，“目前北京二手房房贷者年龄平均 32 岁，首套则为 27 岁，还款压力激增，首套八成房贷平均月还款额达 9004 元。这和日本及德国首次购房人平均年龄 42 岁、我国台湾地区首次购房人平均年龄 36 岁、美国首次购房年龄亦达 30 岁以上相比，显然北京年轻人过早且过于依赖父母力量，提前购房”。

27 岁，有几人能挣够房款，哪怕是至少几十万的首付；27 岁到了谈婚论嫁的年龄，没有婚房，哪家姑娘在无比现实的今天愿意和你结婚？买

吧，无论是天价还是地价，无论你是啃老还是提前消费，父母的存款正好能推动房地产行业的发展，扩大内需搞活经济，GDP 增长了，老百姓的生活水平也就提高了。

吴祚来在《焦虑的中国城市人》中说，“城市上空的阴霾却总是挥之不去，加上汽车尾气，地上尘埃，经常让我觉得呼吸困难，挑战着每一个人的身体素质……上千万陌生的人，只考虑自己权益的人，无法维护自己权益的人，组成一个巨大的城市，邻居是谁？不知道。我们失去了乡村，却没有收获城市”。

经济博士赵红军痛悔自己经济嗅觉迟钝，感叹当初没有上博士的同学们，前几年买了房后，房价翻了 N 番，简直就是成功地抢劫了一次银行。自己教育投资了许多年学成正果后却买不起房，他的一篇《我即将成为房奴》，其中有一段话很“雷人”，“我们的社会是否比我们早年曾经憎恨的那个资本主义社会更加资本主义？可回过头来想想，没有，远远没有，因为在真正的资本主义社会，政府是无力抑制房价的，而在我们的国家，政府却仍然有强大的行政力量来调整甚至打压房价。没有买房前，我仍然享有一个自由之身，不欠谁的账，不欠谁人情；可买房之后，我开始要背负起长期的债务，开始要成为名副其实的房奴，也许在成为房奴之后，我的手中会多一个房产证，但心中却失去了自由。这一点，行将买房的我心里非常清楚，这个房产证不过是杨白劳手中的卖身契”。

连知识渊博的经济学博士都不能预测房产经济的走向，可想而知我们那些含辛茹苦母亲们的囧境了。

人自爱其子是人的一种自然规律。城市中的母亲，为了买房子，有全部倾囊相助而变成一贫如洗的；为了腾房子，有长期去别人家做保姆工作的，因为东家可以包住；为了让房子，有守寡多年最终却低就急于嫁给有房人的，就是为了自己有一个安身之处；有为了房子的遗产打官司的，有为了房子离婚不起的。因为高昂的房价，有多少母亲脸上少有了微笑，但她们却和西部贫困的母亲一样总是隐忍着、沉默着，承担着生活赋予她们的泰山之重。

西部的贫困多来源于恶劣的自然环境，那里的母亲站在贫瘠的土地也许会认命道，“俺是土里刨食的命，别想天上的事。”城市中的贫困多来源于恶劣的人文环境，城市的母亲站在冷硬的水泥地上，望着比天还高的楼房能自嘲道，“俺是土里刨食的命，别想天上的事”吗？

马丁·路德·金说过一句话，“历史将会记录：在这个社会转型期，最大的悲剧不是坏人的嚣张，而是好人的过度沉默”。

天底下最笨的人就是那个叫母亲的人，你伤害她的时候，她也很痛，可是她仍然在疼痛中将所有的爱倾囊而出，交付于你。这，就是爱。假设于全兴的镜头偏转对准城市的母亲，我想，在他的镜头里，也会很少看到贫困母亲的眼泪。她们很少抱怨生活，很少因为贫穷而掉泪，只有谈到孩子，才会有泪水。

/越活越小/

那天，她和我安静地坐在湖边聊天。

她说，我越活越小了。

比方说，越来越喜欢鲜艳的衣服，对灰黑素色衣服的穿着越来越不自信了。

我说，我也是。

不是吗？活了几十年，突然觉得越活越小了。

那天在杂志上看到一张照片，小女孩一只手抱着一个与她身材相差无几的泰迪熊，并排地站在星空下，瞭望着远方，突然感觉她们是那么和谐幸福。

年初一个朋友送了一只动物毛绒玩具给我，中等个头，圆圆的身材，大大的肚子，黑黑的小豆眼，抽象拟人化地好似通了人性。

不知不觉中非常喜欢和依恋它，睡觉时喜欢抱着它睡一起做梦，软软柔柔的很有慰藉和寄托感。感觉无聊时，喜欢看看它拍拍它，枕着它静静地看看书，或望着天花板想着那些不着边际的人或事。起床后上班前，让它独自枕在我的枕头上，四肢及尾巴摆弄对称后，给它盖上花色毛巾被，犹如一个自己心爱的伙伴一样。一次老公很嫉妒，笑着抓起它的一条爪子，把它远远甩到了床角，我惊叫一声，如饿虎扑食般扑过去，抱起来，用它的尾巴抽得施暴者乱叫不止。

据说，人体60%的成分是水，再加上女人是水做的，所以，水溢满全身后经常通过眼睛而流出了。不知从何时起，消失已久的眼泪又开始涨潮了。哭的原因不明就里，有时是看一本书，看一部电影，听一首歌，见一个故人。有时是随着韩剧男女主角的剧情而哭，甚至是看到久未驾驶的汽车落满灰尘时眼圈也会湿润。有时心烦、无聊或是伤心时，一个人开着车看着窗外的与自己相干不相干的景物，也会掉眼泪。

躺在黑暗中，看着天花板眼泪顺着太阳穴往下滴落，蜷缩起身体的时候，眼泪就滑落在唇间，泪水随着姿势的变换有不同的轨迹。带来慰藉无以言喻，形式高贵，像一道华美而沉溺的盛宴。哀而不伤，心存眷恋，人就是这样开始慢慢变老。泪流完之后，便把眼泪擦干，心情也就轻松了许多，仿佛什么事情没有发生，眼泪直抵人心，具备深刻的抚慰作用。

岁月荏苒，岁月更迭。恋母情结应该属于三岁以下的小孩，已成为人母的我，看过了太多的阴晴圆缺坚韧独立的生活后，突然觉得和父母在一起是一件幸福的事情。每次回家探亲，留恋母亲那无微不至的关心和叮咛，留恋父亲那不卑不亢心态平和的生活方式。父母来我家，也甚感安心快乐，屋子被他们收拾得整整洁洁，回家有一桌热气腾腾的饭菜，坐在一起谈谈家长里短，养生之道。父母走了就恋恋不舍地掉眼泪，犹如一个小孩被父母抛弃一样，非常伤感。

看过安妮宝贝的文章，不知怎的感觉她很孤寂，活在自己内心的世界里。她喜欢独自旅行，天马行空勇敢地走天下。我也非常想逃离，逃离繁华的城市，孤身一人到荒无人烟的地区去，一个人爬到最高的山岭上，躺在悬崖边的大崖石上，晒太阳，听风吹过树林的声音和鸟鸣，感觉幽深的山谷就像地狱一样，感受那种似乎万劫不复的美丽。

小时候非常的野，常常独自跑到自己认为感兴趣的地方，一玩就是大半天，无干扰无杂念，很自在悠然。现在很想自己一个人在陌生的一个地方静静地旅游，静静地观赏大自然的美景，净化自己几十年来被烟熏火燎般的心情，愉悦自在地生活。

人越活越小，无论是体形上还是心态上，待到活到老小孩时，就要真

正地被人们保护和照顾了。那时不禁扼腕叹息，我们在人生的大舞台上该谢幕了。

斜阳淡淡，融进古老的湖泊，行人稀少，风儿，自由地吹拂着，极幽静，也极淡泊。

我默默地对女友说，我们一起变成小孩吧。

她说，可以，但还能回到那童真的年代吗？

是呀，再过几十年，如果可能的话，在一片天光云影，波澜不惊中，离再一次托生为真正的小孩，不远了。

/ Trouble is a friend（麻烦是朋友）/

秋凉了，心也随之凉快起来了，周末之时突然想起“Trouble is a friend”（麻烦是朋友）这首英文歌，深沉的歌词唱出调皮诙谐轻快的曲调，“麻烦是朋友……他在黑暗中，他在我心中……摇下车窗，我是他魅力下的受害者”。

首次听这首歌是年初在朝阳剧场春节联欢会演上，一群体态臃肿的老帅哥们，穿着色彩鲜艳的草裙，头戴着美丽的花环，手拿着手鼓，热辣性感地扭动着腰肢，变换着队形翻新着舞姿，那一错一顿、一招一式，舞得像模像样有板有眼。特别是领舞的那位浓眉阔眼的大叔，那一笑一颦，一翘一扭，时而眉飞升天，时而眼笑坠地，可谓是一笑一倾城。第一次领略到有游泳圈肚腩的男人也是那么成熟迷人，魅力无穷活力四射，“雷”得台下观众前仰后合笑声一片。

第二次听，是朋友芳在家庭春节演出中，也如同一辙地跳着舞着，看着她快乐如喜鹊的录像，从心底暗自喜欢上了这首动感十足的英文歌。

待我细品大致的歌词，原本是多么“麻烦”的内容，却视其为友地唱出了轻快的语调，跳出了愉快的舞姿，真是惊叹这首歌的魅力。生活应该是这样，记的看过一篇文章，有一句话讲得好，“他们把伤痕处理得像自己的肚脐一样，坦然地显露给别人看，他们认为，这是最性感的一部分”。Trouble is a friend，对，麻烦是朋友。既然是朋友，我们就要扭动欢快的舞步把它唱出来，全权接纳它。

/呓言遗语送 09/

有意望望时钟，时间在一分一秒无意间逝去。瞧着有形的时针潇洒地嘀嗒，时光却无形地一去不复返。岁尾的2009年进入了倒计时，一年里无论是繁华还是萧寂，无论是欢喜还是悲凉，无论是出生还是死亡，一切一切都随着岁月尘埃来似去、去似来地过眼云烟。

元旦的前夕，天寒了，夜降了，放假了，人稀了，周遭陷入一片寂静之中，连院内的野猫都嫌冷，不知躲藏到哪里去迎接新年了。办公室里灯光烁烁依旧，照常闪亮着一切，驱赶着年末最后的一丝残黑余暗。

手机短信嘀嘀连续响了多次，展开一看，有朋友或亲人的新年问候。还有单位短信中心代表领导发来的短信："一年来辛苦啦！新年快乐！阖家幸福！"看过短信，感觉到了温暖萦绕在心头，单位的短信无需回复，自然而然接受，回馈的是内心的感激和来年的努力。

2009年，看过野外日升月落，莺歌燕舞；瞧过人世间风花雪月，蝶飞蜂鸣；嗅过魂迷香风，花红柳绿；叹过树枯叶黄，落花凌波。

曾在数不清的晨曦中醒来，也在夕阳或深夜中做过无数个惊魂残梦。默默感受着冬暖夏凉，寒冬酷暑；悠悠地聆听瑟瑟风啸，沥沥雨声；淡淡地品尝着人世间的楚楚感动和萋萋悲伤。

曾站在峭壁山崖放眼观望，向过往的行人挥手示意。俯身鸟瞰如蚁的人群从似火柴盒的建筑物中走出，甲壳虫似的汽车在蜿蜒曲折的蛇道上盘旋，感觉到了人类的渺小和无奈。

独坐黄昏山顶，安静等待夜幕降临，借此感悟茫茫苍天的启示，哪怕只是一星半点儿之微，直到夕阳西下，暮色沉沉。

走过荆棘嶙峋杂草丛生的山道，沐浴过凄风冷雨，风霜雪夜。感叹着爬上父母脸上的皱纹如縠，岁月晕染过的白发如雪，风霜侵袭过的身佝躯偻。

2010年即将来临，人们在新年盈盈来临的气氛中，怀着驿动不安的心，辞着旧，迎着新，祝福语连连，问候声频频。在推杯换盏中回顾过去的过去，憧憬着未来的未来。

过冬的小麦要丰收，来年还会春暖花开。周岁的娃娃明年就会跑，少年可以长成青年，青年却成为老年，老年又要垂暮了。

年年岁岁花相似，岁岁年年人不同。

随着一年年的花开花落和潮起潮落，斗转星移和四季更替，突然想起几米的一段话：

生命中不断有人离开或进入。于是，看见的，看不见了；记住的，遗忘了。生命中不断有得到和失落。于是，看不见的，看见了；遗忘的，记住了。

/待到山花烂漫时，她在丛中笑/

平日，闹钟响起梦魂飞，意倦慵态心沾灰，无奈起床紧梳妆，披衣逐尘奔日追。

虽说，诗书成志业，懒慢致蹉跎。但新年到了，在这冷冷疏疏雪里春之际，缄默梦幻着，待到山花懒慢（烂漫）时，她在丛中笑。

“每一个人都是，或者都希望成为懒人。”英国作家约翰逊把懒惰当作一种志向来赞颂。这说明，懒惰还不坏，它也许是一个高尚的，一个纯粹的，一个脱离了低级趣味的习性。引起所有问题的恰是过分忙碌！

鉴于肩上的责任和义务，或确切地说欲望的无止境。我们需要工作，需要挣钱，需要拼搏。倘若犯懒，心就有了一种内疚感。据说，中世纪欧洲人从不因懒散而感觉羞耻，他们喜爱哲学家亚里士多德曾赞美沉思的生活，僧侣也花大部分时间只做祈祷和诵经。

多数伟大的音乐家和诗人都是闲情逸致者。比如济慈的《懒颂》“夜浸润在甜蜜的怠惰里”，又如华兹华斯的“我好似一朵流云独自漫游”等。乘公交或地铁时，揣上一本诗集在人潮汹涌的车厢里瞟上几行，尔后仰望车顶，思考他们的含义。

十九世纪巴黎诗人们曾经沉迷于漫无目的地随便闲逛。据说，他们带着乌龟作为向导去旅游，牵着蜗牛来做伴去散步成为街上靓丽的一道风景。有意识地放慢脚步，让自己心绪一整天都将恬淡、宁静。

选一个阳光灿烂的日子，走到户外，寻一块向阳坡，漫向江头把钓竿，懒眠沙草爱风湍。间或抬头仰望蔚蓝的天空，细观天堂的位置在哪儿飘。独处一隅，捧书阅读或者躺个把小时，似灵魂出窍地不思也不想。或躺在水面上如泛泛水中叶，绵绵思道远。

春节间鞭炮齐鸣，百花齐放，抛开所有工作、营役。从“作为”到“无为”。走走亲访访友，团团圆圆来守岁，和和美美去观灯。听一场音乐会，九曲青山一曲溪中，唱出，祝你幸福，祝你健康。

祝你幸福，祝你健康

一天天为了梦想，忙不完的忙，是不是该为自己放个假，看看风景，闻闻花香。

一年年为了理想，奔波在路上，能不能为了心情放个假，给潮湿的世界一点点阳光。

祝你幸福，祝你健康，你的笑容是亲人最好的盼望。

祝你幸福，祝你健康。有了健康你才能天天向上。

/呼吸/

吸气，使自己的身体平静。百无聊赖地散躺着，漫无目的地畅想驰骋。

呼气，使自己的身体放松。舒适澄然地静坐着，闭目养神地随兴冥想。

微微浅笑把心打开，任由飞翔。暮上西天活在当下，感受清风出袖，明月入怀。享受此刻的片刻安宁，淡泊温婉似平静最纯的水晶一般宁静的湖，我知道这是个美好的时刻。

外边唰啦啦，天忽落雨了。那先落的轻盈妙曼，妩媚动人，有令人艳羡的滋润和舞姿。那后落的疾风而旋，潇洒宜人，有令人赞叹的刚劲和闪速。一切一切，大雨或小雨，升飘或沉落，俱入天地彀中。

云兴而悠然共逝，雨滴而冷然俱清。鸟啼而欣然有会，花落而潇然自得。

目光放远，万事皆悲中，让生命在醒来中醉去，犹琴弦因绝响而挣断，如菊花为灿烂而飘零。

呼吸之间，世间万物在我们身边悄然逝过；呼吸之间，迎来了春暖花开大雁空中翩飞；呼吸之间，阳光如金月光似银人生恍若星；呼吸之间，闭目酣然入梦中淡看过眼云烟；呼吸之间，茶香缭绕细咀世情弹指旋成尘。

欢乐到来，欢乐又归去，这正是天地间梦魂牵绕祈求的内容。

静静地聆听韵调的曲音，花卉绽放的寂音，星辰的喁语，默契的呼吸，薄幕如纱的细语，触动灵犀的心跳，喃喃的梵音，灵魂在幽幽地歌唱。

感受到一股莫名温馨暖流，漫入周身的脉管，瞬间沁遍全身。笑靥如花地等一切繁华耗尽，机息心清地等一切事物消散，月到风来地等一切未来成为过去。

人生波中影，未知满天星。花落岁月短，海天一色空。呼吸之间一切是如此虚幻，因为将来离去入尘埃。呼吸之间一切又是这么真实，因为当下春风入心怀。

/陪你一起看草原/

因为我们今生有缘，让我有个心愿，等到草原最美的季节，陪你一起看草原，去看那青青的草，去看那蓝蓝的天……

前些天，我和老公去某处健身，在他的车上，悠扬地放出了此首歌，曲调优美动听，是老公独自开车时百听不厌的一首草原情歌。

我和他开玩笑，“你想陪谁一起看草原啊，这么动情，这么动听的歌”。

他笑道，“和你啊，有时间咱们去一趟”。

“真是胡诌，你有时间这么消遣吗，再说你脑袋里此时也许正盛开着一朵野花，在心中迎风摇曳呢。”

“哈哈哈”他得意地摇头晃脑起来。

“请注意红绿灯，不要笑花了眼分不清红绿。”

玩笑过后寂静无声陷入优美的音乐中，很喜欢草原歌曲，浑厚高亢中透着豪迈的气息，柔情似水曲音似徐徐清风，使人激情四溢和身心气爽，听着想着会出现融入大自然的幻觉，绿茵茵的大草原一望无际，或跑或跳，或笑或叫，或躺或坐，任意所为，仰望蓝蓝的天，轻捧蓝蓝的水，眺望青青的山，淡闻青青的草，心随白云轻轻地飘呀飘，人随白羊慢慢地走呀走。

前几年，曾驾车去过内蒙古辉腾锡勒大草原，车一驶入辽阔草原地界，天似穹庐蓝似镜，笼盖四野茫茫，芳草淡淡的清香润心田，远处羊群似白云在绿草间游动。蓝天是那么透亮洁净，白云是那么悠然自得，风车

图 67　锡林浩特草原

悠闲地转呀转，草木把满眼染绿，野花在如毯的草地上点头微笑。所闻所见，人马上就身松气爽，心被草原的景色所洗涤，一身的尘埃和疲惫被清爽的风一扫无余。

城市的拥挤把人的空间挤缩成最小值，拘谨着，无奈着；城市的喧嚣把人的耐心颠吵成最大值，烦躁着，麻木着；城市的天空把人的心也漂染成灰暗色，暗淡着，迷茫着；城市的竞争把人的身心也压迫成极限值，疲惫着，探寻着。

我们需要阳光灿烂一览无余的天空来释放久封的心情，去草原；我们需要蓝天白云般的心情去生活，去草原；我们需要重新寻找过去的纯真，过去的爱恋，去草原；我们需要把我们的生命活得更精彩更激情豪迈，去草原。

所谓的浪漫，就是把时间慢慢浪费掉。一筹莫展的时候，筋疲力尽

的时候，岁月使你皮肤起皱失去了热忱，损伤了灵魂的时候。最好去草原慢慢地享受时光，和知心的朋友或爱人静坐在无际的草原上，一句话也不说，当你们走开的时候，仍感到你们经历了一场十分精彩的对话。

梦自己想梦的，去自己想去的，做自己想做的，因为生命只有一次，机会不会再来！在一条漂亮的路上开车，傻笑；躺在蒙古包里静静地聆听窗外的雨声；在细雨如织的大地中奔跑，没有任何理由地开怀大笑。

想起俄罗斯诗人巴尔蒙特的一首诗，《我来到这世上是为了见到太阳》：

> 我来到这世上是为见到太阳 / 和高天的蓝辉 / 我来到这世上是为见到太阳 / 和群山的巍巍 / 我来到这世上是为见到大海 / 和谷地的多彩 / 我把世界囿于一瞥之内 / 我是它的主宰？

/淡妆浅笑“粽”相宜/

今天，是端午节，鸟雀呼晴。我把窗户大敞开了一天，借着阳光斜视，茶几上又浮上了一层灰尘。

俗信端午节下雨，不吉。清赵怀玉诗亦引有“端阳无雨是丰年”的谚语。

从北窗往外，临窗是一片的绿树，十年前还是小树的它们个头已经窜到四层窗口了，微风掠过，绿叶如波浪向前推动，光线变幻，发出唰唰声响。这景象使人入迷，旁观一刻不禁会想，躺伏在茂枝密叶上会怎样？

我坐在窗内的明亮处，手捧红色的《中国共产党历史简明读本》，把以前余下的半本书内容一气之下粗略浏览了一遍。“七一”支部会决定由我来讲《党史》，空虚的心里总该寻觅一些红色的印记来填充。

嘀嘀……手机震响了几下，零星飘来几片微言短语，有人隔空送来了祝福。

端午节，一个人吃粽子。没有寻寻觅觅，冷冷清清，凄凄惨惨戚戚。乍晴还阴的天气，清欢淡足感觉很好。这些天，时而阳光热烈，晒得眼冒金光，时而薄云飘过，落下清凉斝斝雨滴，使天气不再那么燥热，灰霾的天空也透亮了许多。

据说，生命中有两种状态：一为夕阳下坐着，二为披星戴月地做着。坐着意味着享受，做着表明着进取，似乎做好后者的才有资格再去做前者。

尘世不知几端午，人生大抵一虚舟。明天，又开始工作了。

假期第二天，雨雾空蒙。无处观看五月端午赛龙舟，索性窝在家里看《人在囧途》。到了晚上，把房间的灯关掉，独卧空室之中，斜躺在沙发上，电脑显示屏忽闪播放着《人鬼情未了》（日本版和美国版），陷入空玄空灵的场景，不分阴阳两界地看得天昏地暗。

想起智利诗人聂鲁达几句诗：我喜欢你是寂静的/仿佛你消失了一般/你从远处聆听我/我的声音却无法触及你/你的沉默就是星星的沉默/遥远而明亮/而我会觉得幸福/因为这一切都不是真的。

年年端午风兼雨，似为屈原陈昔冤。明天，端午节又到了。

假期第一天，晴朗清浅。在阳光融融下睡到自然醒，头天下了一场透雨，空气使人神清气爽。应该干点什么？端午有挂菖蒲、蒿草、艾叶，薰苍术、白芷，喝雄黄酒的习俗。我却跃上窗户，把窗帘一一解下，擦玻璃，洗窗帘，从天亮到天黑，干了约十个小时的卫生，终于窗明几净无挂碍，有了劳动成果的慰藉，心情好爽。

在活着的每一天，把当下的事一件一件做完，用全力做尽它的内在含义，做到应该抵达的程度。

榴花三日迎端午，蕉叶千春纪诞辰。明天，该好好享受了。

/ 务忘我 /

未曾生我谁是我，生我之时我是谁。长大成人方是我，合眼朦胧又是谁；我是谁的谁是我的，我是谁的谁，心里的话你说给了谁。我是谁的谁是我的，我是谁的谁，擦肩而过谁又记得谁。

看到上面两段话，就忘了自己是谁了，扪心自问我是谁的谁。作为一位在凡界食人间烟火的人，真能做到不知自己是谁，还真是要经过一番人生历练的。

在菜根谭中，针对“烦恼由我起，嗜好自心生”，有一段解释，世人只缘认得“我”字太真，故多种嗜好，种种烦恼。前人云：“不复知有我，安知物为贵？”又云：“知身不是我，烦恼更何侵？”真破的之言也。用现代话就是说，因为世间的人把自己看得太重要了，所以才有了那么多嗜好和各种各样的烦恼。古人说：“如果连自己存在都感觉不到，又怎么会知道外物是否是珍贵的？”又说：“如果知道就连身躯都不属于自己的，那么烦恼又怎能伤害到我呢？”这真是一句切中要害的话啊。

务忘我，而非勿忘我。只有无我才能无私，无私方能无欲，无欲才会无求，无求就会无忧。如果人能达到无我之境，知道自己的身体都不是自己之物，就不会被烦恼侵入而痛苦。凡事不起争夺之心、贪图之念，自然一切平稳，身心舒适、旷达神怡。

/突然感觉喜欢夜的黑/

此刻是清晨3点05分，很早以前就听说过3神4鬼之说，如果此时真的有神仙，应该在哪儿呢？正默默注视着我吗？疑惑地揣摩我为什么这么早就起床，正悄悄地关注着我吗？因为茫茫黑夜之中，房间的灯光显得如此夺目而独特。正在我猜测之中，忽然灯光真的闪烁几下，晃眼眩目数秒钟，片刻即又定光，虚幻迷惑地光晕笼罩着我，耳语着听不太懂的安慰话。真的有神仙在打招呼吗！？我欣喜无比默默祷告，无论您是哪路神仙，谢谢您大驾光临陪伴在身旁。

突然感觉夜的黑很美。静静的，可以无限地回忆。默默地，可以扩版地疗伤。幽幽地，可以心猿意马地驰骋。淡淡地，可以悠远绵长地清静。沉沉的，是尘埃落定析出的乌金。没有白天的嘈杂和烦丝，多了一份浓重和感动。在一切沉寂之后，呈现出一种能让人释放、使人安静的美。夜的黑也是动物出来觅食的时刻，它们的眼睛能洞察漆黑夜空下的一切，不像人类，如果没有光的指引，除了阖上眼帘睡觉，双脚就不知移向何方。

寂静夜幕中，能听到心在咚咚地跳动，跳动之中体察着夜的黑之律动，夜的静之怡然。听到墙上时钟正在不懈地嘀嗒，嘀嗒之声中伤感着时光的流失。听到笔记本电脑CPU不时地发出嗡嗡之声，嗡嗡之中屏幕里流淌出一串看起来像乱码的字符。

恍惚之间，时钟又指向了4点03分，不经意间有一种黎明的期盼，可以让人忘记了孤寂的负担。掀起窗帘看看窗外，依然是一片夜的黑，是黎明前的黑暗，玻璃上映出的脸儿，不丑也不狰狞。我的灯不是蜡烛，鬼是不会吹灭它的。

沉思冥想之中到了 5 点 02 分，中秋的黎明还是夜的黑，耳边已传来公路上汽车引擎的声音，远方偶尔也传来几声狗叫，楼下有走动人的咳声，鸟儿还未在窗前叽叽喳喳。夜的黑正在逐渐退去，黎明清爽的早晨就要开始，人们一觉醒来又是新的一天，我们期待每日阳光就是我们的生活。

/ 一个人的蓝调 /

独自一人，开车上五环，堵车。

徐徐缓缓向前移动好一阵儿，驶入机场第二高速，从东苇路出口出来，堵车。

徐徐缓缓向前移动好一阵儿，左转左转再右转，用了2小时终于到了蓝调庄园。

已是中午时分，独自走进餐厅，坐在餐桌边，点了一个大酱包一碗面。人不多，一瓶小花在桌面上陪伴。

吃完饭不想马上运动，从霞浦刚回来少许疲乏，做一个足底按摩放松一下，休息大厅，除了我和做足疗小伙儿再无他人，小伙儿有意无意地没话找话，我有一搭没一搭地看着电影，电影是枪战片很无聊，做了40多分钟的足疗后，起身走向游泳池。

偌大的泳池很冷清，慢条斯理地游了1000米上岸，然后入压力理疗池让水柱往身上砸了一会儿。来到室外小树荫下温泉池，独自坐在池边阴影里，双脚深入池里，池水绿莹莹，有几片叶子漂浮在水中，身旁泛发着草木香味，偶尔听到飞机飞过上空时那强有力的隆隆声。

起身走在用小树围起的岔道上，回到更衣室取出面膜和一本书在休息室躺下，敷张面膜在脸上，如正午的懒猫一样漫不经心地看起书来。

在《空谷幽兰》中文版的序言里，比尔·波特是这样开头的：我总是被孤独吸引，当我还是个小男孩时，我就喜欢独处。那并不是因为我不喜欢跟其他人在一起，而是因为我发现独处有如此多的快乐。有时候，我愿意躺在树下凝视着树杈，树杈之上的云彩，以及云彩之上的天空；注视着在天空、云彩和树枝间穿越飞翔的小鸟；看着树叶从树上飘落，落到我身边的草地上。我知道我们都是这个斑斓舞蹈的一部分。而有趣的是，只有当我们独处时，才会更清楚地意识到，我们与万物同在。

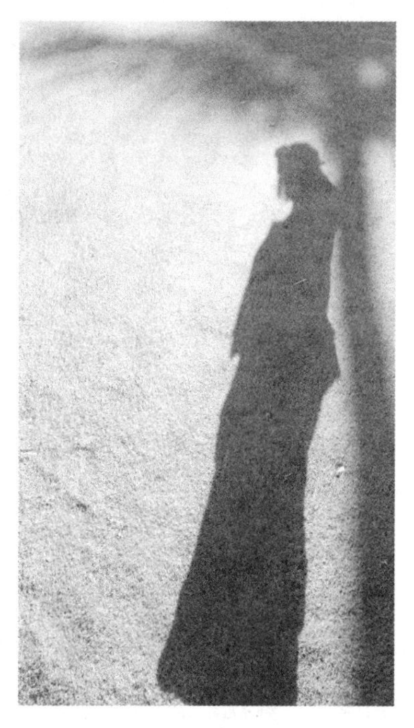

图 68　一个人的蓝调

在独自一人时，人会感觉欲望的消逝是一种愿望或义务，在那时人会变得较空虚、较虚弱，就如同奥地利作家彼得·汉克所写，一种没有任何东西能使之腐烂的纯净，为最微弱的风开启了毛孔，神经末梢已竖起，感官的接受力愈来愈强。

回身洗澡交钥匙结账，退回服务员多找的 50 元，开车回返，堵车－听歌－堵车－思索，人沉迷于蓝调的晚空。

走入寂静，为我自己。无所寻觅，只为我意。

/温暖的猫样生活/

不知怎的，非常羡慕猫的生活，慵懒自在饱卧花荫下，高傲优雅踮脚静走无声处，似虎能缘木如驹不伏辕，眯眼晒阳戏扑风花影，过着娱乐温饱的生活，难怪它有九条命。

在“广庭怜雪净，深屋喜炉温”的冬天，猫言，当太阳晒到屁股就该起床了，那就把屁股盖起来。向猫咪学习，没什么事时，吃饱就“背床”，哪儿也不想去，做一位典型的宅猫，周末睡懒觉直到日上三竿。

猫喜净好美，独自揽镜细瞧面颊，萧风侵袭的皮肤略显干燥。边吃食边插上电褥子，然后洗净脸，枕稳衾温舒适地纳入被窝。为了温润而泽，全脸被温柔体贴地覆盖上面膜，耳朵里塞上 MP3 耳机，闭目畅听悠扬的音乐。就这样不知不觉地进入了温柔乡。梦见一只猫，圆圆的脸，眯眯的眼，很慵懒，静静地坐在窗台望着我，一动不动。它在想什么呢，一定在想，那个人是人吗？为什么比我还懒惰。半小时醒后，把面膜搁置脖子上，然后拿上一本书，悠闲自在地看起来。

叶倾城的《猫三天狗三天》书中说道，女人，要在爱情里做猫型女：爱他，却永远保有自己的自由，随时可以抽身而去；愤怒时，有小爪子；撒娇时，有依偎的、柔软的身躯；终生会迷恋檐下滴雨的声音，或者追逐一只过路的蝶，她的灵魂，是博物馆角落一朵雏菊花。爱上她，无微不至地照顾她，却要忍受她的“千唤不一回”；为她准备了干净的水和宽阔的胸怀，她却倔强地背过身：“LET ME ALONE（让我单独呆着）”，好刁蛮的猫型女。

图 69　蓝色小镇慵懒的猫咪

猫语，每天早上起床看一遍福布斯富翁排行榜，如果上面没有我的名字，我就去上班。

上班，独自钻入汽车里，独占空间独自驾驶，独吹温暖的空调唰啦啦，独享优美的音乐流淌的哗啦啦，独看车窗外一切，寒风萧萧中，缩瑟的人、抖擞的树一晃而过，间或停滞在红绿眨眼的交道口前，侧面的车影靠近并肩而立，车中人的表情凝重或轻松地瞟过。我温情脉脉地想，我们都是同道人，为了生计而奔波。

天寒宜泉温，泡温泉时猫咪想，猫咪最可爱的时候，就是你照相机刚好不在的时候。

休息半天，约上二三知己，驾车直奔 30 公里外的市郊，华清温泉是我们的最爱，那里有绿色的泳池供我们遨游，有微小鱼儿吻啄脚面，在惬意的温泉里软语温言地谈天讲地，池边放着零食随时填入口中，并排躺在温暖的大炕，深呼一口气，让大脑安定。伸直懒腰摆平四肢，想着日月复照耀，春秋递寒温的事情。一直躺到华灯初上，静夜温软。然后起身去室外，潜入氤氲的温泉中，灯明茶香，笑语融融，残月如钩，枯枝点梅，真是心情无限好，灵泉碧溜温。

在窗外的几声猫叫中，不知不觉到了滞雨膏腴湿，骄阳气候温的时节。如猫一样，爱自己多一点儿，才能正视花开花落的寂寥，才能说话如舒缓的音乐，举止似水柔畅。望着可爱的猫的图片，暗想，有时我留恋的，只不过是一段猫样生活的时光剪影。

/ 花见 /

不经意间，翻出尘封已久的照片，画面上盛开着缤纷如雪的樱花，樱花树下站立着一位如花怒放的女子，记忆中的大门就这样慵懒地慢慢地开启，犹如那一季的樱花，漫漫飘舞，落英满地。我知道，此生我也许再无缘重游樱地，但今天，在这秋风瑟瑟的季节中，樱花正反季节盛开着。

人间四月天，清晨朝阳下，星光月影里，街头巷尾中，山坡沟壑旁，开樱花。

烂漫春光日，粉白花树下，淡淡花香里，漫天飞舞中，粉色云彩旁，赏樱花。

闻着陶醉着，看着嬉笑着，坐着欣赏着，摄着捕捉着，唱着感慨着，叹樱花。

犹如粉云彩，由南往北飘，一阵风吹来，满树落花飞，花雨中一片，落樱花。

繁开七日尽，短暂而灿烂，快乐为幸福，轰轰烈烈生，从从容容去，赞樱花。

四月下旬的夜晚，天还是很凉，走进日本山形市霞城公园，一簇簇的人群席地而坐，在樱花树下，吃着便当，喝着饮料，唱着歌曲，一片欢声笑语。在灯火阑珊处，在树影花朵间，到处是人群漫漫。星星在树缝中眨眼睛，月亮高高悬挂在樱花树梢上，河中的水悠悠，盛开的樱花倒映之中，和斑斓的灯光相间，反衬出如梦境般的景色。人们的脸上呈现出一派

欢快、愉悦和陶醉的神情。可谓是流水落花人欢笑，天上人间！

我所居住的地方是市营住宅，位于风景秀丽的城市东面，依山傍水，四周是青山巍峨，山下溪水潺潺，水中鱼儿依稀可见。四月的天空，阳光明媚，到处樱花盛开，从不算太宽的山路望去，两侧的樱花树站在路旁，顺路蜿蜒伸入远方，隐入到山脚下。

每年樱花盛开，最早 3 月份从南方的冲绳开始，逐步向北移动，犹如粉红色彩云飘过来，一直飘到北海道时已是 5 月份了。我所住的城市是 4 月下旬樱花怒放，开花的时间短短 7 天，就凋谢了，正如一首诗中所描述的：昨日雪如花，今日花如雪。山樱如美人，红颜易消歇。

/似幻亦真画中行/

夜幕降临，凉习中我醒来。拉上米黄色的窗帘之前，倦怠地瞥了一眼窗外，夜色如常一片繁景阑珊。

披衣蜷缩在电脑旁，对着电脑显示屏发呆，脑海朦胧恍惚间，浮起一幅搁置许久画面，似有些模糊蒙尘却挑拨着以往的记忆，似有点锈色斑斑却令心如初春般萌动。

1. 捏揪出软棉的袖角，小心翼翼地轻拂一下画面上侧

噢，巍峨挺拔群山，瞬间般耸立在眼前。

那里的四季山峦，夏翠秋红冬白春绿，春有不知名的小鸟在林间啾啁，冬有黑色乌鸦在灰黑色的天幕上盘旋。在夏日炎炎中，蝉总是不知疲倦地知了知了地叫。在秋季万紫千红的山底下，灿烂白炽的阳光低空中如直升机般飞行的蜻蜓，山两侧是灯火如星水波荡漾中的人家，水中群山倒影摇摇，波光灯影交相辉映，构成一幅绚丽多姿的山水画卷。

我印象深刻的却是那高山的黑影，半夜打工骑车归巢时，似惊慌的小鸟孤身寡影山中飞，抬眼低首间看山恰似走来迎，眼睛无论怎样躲闪还是能用眼角扫到它矜重的影子。至今心中还畏惧着山在夜间的威严和魁黑如魔的剪影。

2. 眉眼流盼之中再一次淡抹画面

噢，山下的小溪流水潺潺而来。

溪水清澈见底，小鱼在水中鹅卵石间欢快地游动，有几只山鸟在石上水边悠闲地游戏。深秋之季，姹紫嫣红中，在一个飞流四溅瀑布前，我曾默默地坐在堤坝上，穿一件深浅绿相间套头上衣，被一条黑腰带紧束在黑色丝绸休闲裤中，发辫纠结在一起飘落在肩头，犹如一棵野草沐浴着阳光撒下的温暖中，陷入飞流湿行云，溅沫惊飞鸟的幻觉，鼻翼间感知流水倾落水气散漫的潮湿。

在高山溪水边，我亲临了两次在那里举办的盛大节日。一是秋季的“煮山芋大会”；再就是每年八月间日本的“花火祭”。

四季分明的山形有“食欲之秋”的说法。进入秋季，那里就会盛行“煮山芋大会”。在晴朗的秋空下，在溪水两岸青坡绿埂间，架起大锅煮山药，一股股诱人的香味在人山人海中漫天地弥漫。家人、友人围着煮锅，散落在林间溪畔，意态潇洒。正如它的名字所表达的，煮山芋就是以山芋为主外加当季蔬菜和牛肉等，一边品尝这秋季美味，一边热闹地喝上一杯，真的是一种享受。人们手持着小碗，无所谓是否相识，尽管在大锅内舀起，或站立或席地而坐，酣畅淋漓地吃着，笑谈着，一幅祥和安然的节日呈现在眼前。

“花火祭”期间，人们穿上节日盛装，成群结对驱车而至。苍穹的夜空中星光璀璨，月色皎洁。笑脸如花穿着浴衣（薄和服）赶赴这场盛会的人流如织，边品尝着美食边轻歌笑语。火花在夜空中频频绽放陨落，清脆的响声在山间溪水旁回荡，美丽的夜空在火花的衬托下熠熠生辉。日本人最爱樱花，也喜爱烟花，是否因为两者同样短暂绚烂?

3. 畅想遨游之中，再依次浅拭画面

噢，一条不太宽阔、蜿蜒起伏的公路伸到眼前。

阳春四月天，樱花簇簇似锦盛开在路的两旁，我曾在树下颔首弄姿拨枝揽花地入景留影，仿佛自己就是一朵怒放的樱花盛开在人世间。十余天的光景樱花就会花飞漫野，公路上一片落英遍地，任其随来的汽车碾压为泥红颜消歇。

这条路傍山依水贯穿城市的东西方向，向西伸向城市的中心繁华区，向东则是偏僻的山村野外。记得一个盛夏的夜晚相约去观赏山中萤火虫的景象，朋友驾车带着我们一行五人，沿着这条公路一直向东行进，渐行渐远中，路两侧的灯光也渐稀渐暗，左插右转中拐上了一条黢黑的山路，凭借着车灯的照射，慢慢摸索行进中驶入了一个大峡谷里。我们鱼贯下车双目迷茫到处勘视，四周是黑魆魆的入云高山，车停在山中间一片开阔地上，耳边虫鸣蛙叫使山谷更加寂静悠幽，抬头仰望繁星在夜空中频繁眨眼，在隐约可见的树梢头辉耀着。峡谷中萤火虫一个个从草丛中起来，忽明忽暗泛着一点点的白光，在身边黑夜中飞翔流动闪烁，山风习习从腋下腿间穿梭。刹那间一股奇妙的恍若隔世感涌入胸口，莫名地驿动着，异样地跳跃着。

4 最后把画面中的剩下一点儿余尘揩去

噢，呈现在眼前是我曾居住过的住宅：

依山傍水临路而建，在房间里打开窗户或站在露台上，就能看到青郁郁的山峰，傍晚一抹夕阳透过花树绿叶斜射在脸上，树枝绿叶轻扰你的肩头，青涩的草味和沁脾的花香时常侵袭着你的呼吸，耸耳聆听溪水潺潺声在屋后流淌。

那里弥漫着沉思冥想般的和谐静谧，洁净廖寂的街头巷角，有一公交车站，仿佛间看到小雨粼粼中我在那里茕茕孑立，打着花伞等候着车的到来。那里有和睦的他国邻居，我用蹩脚的日语和他们打着招呼。还有夜晚归来时楼下露台上一支忽明忽暗点燃的香烟闪烁，偶尔传来一声男中音的

问候，“回来了，辛苦了”。有时打工会很累，半夜痛醒坐起，双手揉搓麻木的双腿，鼻头发酸地喃喃自语，“腿好痛呀，真的好痛”。

不知何故，从国内带去的两盘磁带中，特别喜欢那英的《白天不懂夜的黑》中一段歌词，“你永远不懂我伤悲，就像白天不懂夜的黑。更像永恒燃烧的太阳，不懂那月亮的盈缺。你永远不懂我伤悲，像白天不懂夜的黑，不懂那星星为何会坠跌”。

夜深了，画里的景物还有许多，一时半晌品不完，慢慢淡出这如幻亦真的画卷，暂时把擦拭清爽的画收卷在心中一隅，触动心弦时不时会拿出把玩一下，回味凌烟画影中的陈年春秋。